THOMAS NOLAND

L'ORPHELIN DES ETOILES

Scénario : PECQUEUR
Dessins : FRANZ

Couleurs : J.C. DEFFONTAINE

DARGAUD EDITEUR

PARIS • BARCELONE • BRUXELLES • LAUSANNE • LONDRES • MONTREAL • NEW YORK • STUTTGART

MON NOM EST NOLAND. THOMAS NOLAND. CE SOIR-LÀ AVEC L'AMI JOHN, ON TRAÇAIT DUR À TRAVERS LA JUNGLE VIETNAMIENNE DANS L'ESPOIR FOU DE REJOINDRE LES LIGNES AMÉRICAINES. LOIN, TRÈS LOIN, LÀ-BAS, VERS LE SUD ⊕
⊕ VOIR "LA GLAISE DES CIMETIÈRES" ET "RACE DE CHAGRIN"
TOUT LE SECTEUR DOIT GROUILLER DE VIETS, ARMÉS JUSQU'AUX OREILLES!.. ÇA NOUS PROMET UN SAFARI D'ENFER, MON VIEUX THOMAS, ET FRANCHEMENT, JE NE DONNE PAS CHER DE NOTRE PEAU.
PANIQUE PAS, MEC LA NUIT NE VA PAS TARDER À TOMBER ET EN ROULANT TOUS PHARES ÉTEINTS, ON A UNE CHANCE DE S'EN TIRER!
TU PARLES! FAUDRAIT UN MIRACLE POUR QU'ON S'EN SORTE!
LES MIRACLES, ÇA EXISTE, MON PÈRE EN EST LA PREUVE FLAGRANTE!
POURQUOI DONC?
PARCE QU'IL A SURVÉCU À LA CHAISE ÉLECTRIQUE !!
HEIN ?! TU TE FOUS DE MOI OU QUOI?
PAS DU TOUT, MON PÈRE TREVOR NOLAND, CONDAMNÉ DANS SA JEUNESSE À LA CHAISE ÉLECTRIQUE S'EN EST VRAIMENT MIRACULEUSEMENT TIRÉ INDEMNE !...
CET ÉVÉNEMENT SANS PRÉCÉDENT À D'AILLEURS FAIT LA "UNE" DES JOURNAUX DURANT L'ÉTÉ 42...
1

43!
STEVENS' G
1898 - 1968
C'EST EN 1943 ET NON EN 1942 QUE CELA S'EST PASSÉ !...
J'EN SUIS ABSOLUMENT SÛR !!
ET JE SUIS BIEN PLACÉ POUR LE SAVOIR CAR J'ÉTAIS FLIC DE MON VIVANT, ET C'EST MOI QUI, CETTE ANNÉE-LÀ, AI ARRÊTÉ TREVOR NOLAND AVANT DE LE REMETTRE AUX MAINS DE LA JUSTICE !!!
TREVOR AVAIT À PEINE DIX-SEPT ANS, À L'ÉPOQUE, ET SON PROCÈS PASSIONNA L'AMÉRIQUE !... DÈS LA PREMIÈRE AUDIENCE, LA GRANDE FOULE SE PRESSAIT AUX PORTES DU PALAIS DE JUSTICE DE CHICAGO !
ON SE BOUSCULAIT DANS LE PRÉTOIRE POUR VOIR DE PRÈS LE JEUNE ACCUSÉ ET LES PARIS ALLAIENT BON TRAIN SUR SES CHANCES DE SAUVER SA TÊTE !
PERSONNELLEMENT, JE ME REFUSAIS À TOUT PRONOSTIC ÉTANT MOI-MÊME CITÉ COMME TÉMOIN À CE PROCÈS, QUI RÉUNISSAIT LES PLUS ILLUSTRES MAGISTRATS DU BARREAU !... À SAVOIR...
D'UNE PART, L'EXCELLENT DAVID GURNEY QUI DÉFENDAIT L'ACCUSÉ ...
GARDEZ CONFIANCE TREVOR, JE PROUVERAI VOTRE INNOCENCE... JE VOUS LE PROMETS !
... DE L'AUTRE, LE REDOUTABLE AVOCAT GÉNÉRAL MAC DOWALL UN OBSÉDÉ DE LA CHAISE ÉLECTRIQUE !!!...
ALORS MAÎTRE ALLEZ-VOUS RÉCLAMER LA PEINE CAPITALE CONTRE LE JEUNE NOLAND ?
VOUS LE SAUREZ EN TEMPS UTILE, MESSIEURS !... JE NE SUIS PAS ICI POUR TENIR UNE CONFÉRENCE DE PRESSE MAIS POUR RENDRE LA JUSTICE !

ET C'EST L'HONORABLE JUGE WILSON EN PERSONNE, QUI PRÉSIDAIT LES DÉBATS !
JE DÉCLARE LA SÉANCE OUVERTE ! HUISSIER, FAITES ENTRER LE PREMIER TÉMOIN !
MISS ANDERSON... VEUILLEZ ME SUIVRE S'IL VOUS PLAÎT !
EN ATTENDANT QUE LE TÉMOIN PRENNE PLACE ...
HHRMM !...
PERMETTEZ-MOI DE VOUS RAPPELER, MESSIEURS LES JURÉS, QUE VOUS ALLEZ DEVOIR JUGER TREVOR NOLAND ... ICI PRÉSENT... INCULPÉ DE MEURTRE !...
À LA FIN DES DÉBATS, VOUS DEVREZ ÉTABLIR EN VOTRE ÂME ET CONSCIENCE S'IL EST COUPABLE OU NON ! SON SORT DÉPEND DONC DÉSORMAIS DE VOUS, ET C'EST POURQUOI...
JE VOUS RECOMMANDE VIVEMENT D'ÉCOUTER TRÈS ATTENTIVEMENT LES DÉPOSITIONS DES TÉMOINS QUI VONT SUIVRE ! LE PREMIER D'ENTRE EUX SERA : MISS OLGA ANDERSON
JUREZ-VOUS SOLENNELLEMENT DE DIRE LA VÉRITÉ, TOUTE LA VÉRITÉ ET RIEN QUE LA VÉRITÉ DEVANT DIEU ?
JE LE JURE !
LA PAROLE EST À L'AVOCAT GÉNÉRAL
QUELLE PROFESSION EXERCEZ-VOUS MISS ANDERSON ?
JE SUIS DIRECTRICE DE L'ORPHELINAT D'INDIANAPOLIS !
3

C'EST BIEN AU SEIN DE VOTRE ORPHELINAT QUE TREVOR NOLAND PASSA UNE PARTIE DE SON ENFANCE ?...
C'EST EXACT, OUI... IL EST ENTRÉ DANS MON ÉTABLISSEMENT À L'ÂGE DE CINQ ANS !...
C'ÉTAIT EN QUELLE ANNÉE ?
EN 1931 ! IL EST ARRIVÉ UN MATIN DE JUILLET, ACCOMPAGNÉ PAR DEUX POLICIERS DE LA BRIGADE DES MINEURS AVEC LESQUELS J'AI D'AILLEURS EU UN ENTRETIEN PEU CORDIAL...
QUE VOULEZ-VOUS QUE JE FASSE DE LUI ?!
NOUS SOMMES DÉJÀ EN SURNOMBRE ICI !!!
JE NE PEUX LE GARDER, C'EST IMPOSSIBLE !... JE LE REGRETTE INFINIMENT MAIS COMME JE VOUS L'AI DIT, JE N'AI PLUS DE PLACE !
ALLONS ! ALLONS ! VOUS EN TROUVEREZ BIEN UNE EN TASSANT UN PEU VOTRE PETIT MONDE !
DÉBROUILLEZ-VOUS COMME VOUS VOUDREZ MISS ANDERSON, MAIS CE GARÇON DOIT RESTER ICI CONFORMÉMENT À LA DÉCISION DU JUGE POUR ENFANTS !...
LE JUGE ! LE JUGE ! IL EN A DE BONNES. LE JUGE !... TOUJOURS PRÊT À M'ENVOYER DE LA MARMAILLE EN PAGAILLE, MAIS POUR LES SUBVENTIONS, C'EST UNE AUTRE AFFAIRE !!
SAIT-IL, VOTRE JUGE, QUE JE MANQUE DE LITS ? DE DRAPS ? DE COUVERTURES ? DE NOURRITURE ? D'EMPLOYÉS ? DE... DE... DE DE TOUT, EN SOMME !??
IL N'IGNORE RIEN DE VOS PROBLÈMES, MISS ANDERSON, MAIS QUE VOULEZ-VOUS QU'IL Y FASSE ?! CE N'EST PAS LUI QUI VOTE LES CRÉDITS, VOUS LE SAVEZ TRÈS BIEN !!!
ET !... FAUTE D'ARGENT, ON NE PEUT TOUT DE MÊME PAS REJETER CET ENFANT À LA RUE, N'EST-CE PAS ?!!
CERTES !... MAIS N'A-T-IL DONC AUCUNE FAMILLE ? AUCUN ONCLE OU COUSIN ÉLOIGNÉ À QUI L'ON POURRAIT LE CONFIER ?

QUELQU'UN À QUI ON POURRAIT LE CONFIER ?!
NON, IL N'A PERSONNE !... IL EST RESTÉ SEUL APRÈS AVOIR ÉTÉ ABANDONNÉ À L'ÂGE DE TROIS ANS, DU MOINS SI L'ON EN CROIT CETTE LETTRE QUE NOUS AVONS TROUVÉE DANS SA POCHE !! TENEZ ! LISEZ-LA, VOUS VERREZ !!
-1-
Je vous en supplie qui que vous soyez ayez pitié de cet enfant que la misère m'oblige à abandonner, il a trois ans, se nomme Trevor Moland et
COMME VOUS POUVEZ LE CONSTATER, CETTE LETTRE EST ÉCRITE ET SIGNÉE PAR LA MÈRE DU PETIT, UNE CERTAINE SUGAR LOVE !
DRÔLE DE NOM !
C'ÉTAIT EN FAIT UN PSEUDONYME D'ARTISTE ! UNE RAPIDE ENQUÊTE NOUS A PERMIS DE DÉCOUVRIR QU'ELLE SE NOMMAIT EN RÉALITÉ, JANE HARRIS
ET QU'APRÈS AVOIR CONNU LA FAIM DU CÔTÉ DE CICERO... ⊗
Y'A PLUS RIEN À BOIRE DANS C'TAUDIS... JANE, VA ME CHERCHER D'LA GNÔLE CHEZ L'ÉPICIER !
TU FERAIS MIEUX D'ALLER CHERCHER DU TRAVAIL IVROGNE ! AVEC QUOI ON VA PAYER LE LOYER, HEIN ? AVEC QUOI ?? ...
⊗ QUARTIER PAUVRE DE CHICAGO.
... ELLE AVAIT JOUÉ LES MUSES POUR QUELQUES DOLLARS LA SEMAINE, JUSQU'AU JOUR OÙ...
C'EST BIENTÔT FINI ? JE COMMENCE À AVOIR DES CRAMPES, MOI !
UN PEU DE PATIENCE MA BELLE, JE TIENS ABSOLUMENT À TERMINER CE TABLEAU AUJOURD'HUI !
UN BOURGEOIS NANTI DOIT PASSER CE SOIR POUR M'ACHETER UNE TOILE ET JE TE PARIE QU'EN VOYANT CELLE-CI, IL SE JETTERA DESSUS EN CRIANT AU CHEF-D'OEUVRE !
5

L'ARTISTE GAGNA SON PARI MAIS PERDIT SES DERNIÈRES ILLUSIONS...
SUBLIME ! MAGNIFIQUE ! UN VÉRITABLE CHEF-D'OEUVRE !!
JE PARLE DU MODÈLE BIEN SÛR ! PAS DU TABLEAU !!
HUPS !
COMMENT S'APPELLE-T-ELLE ?
EUH ! JANE ... JANE HARRIS JE CROIS !
EH BIEN, MON CHER, QUAND VOUS REVERREZ CETTE JEUNE FILLE, FAITES LUI SAVOIR QUE JE L'ENGAGE ! ... JE POSSÈDE L'UN DES PLUS PRESTIGIEUX CABARETS DE CETTE VILLE ET JE CHERCHE JUSTEMENT DES BEAUTÉS DE CE GENRE ... MES CLIENTS EN RAFFOLENT !!
TENEZ, VOICI MA CARTE ! DITES À VOTRE JOLIE PROTÉGÉE DE PASSER ME VOIR RAPIDEMENT. JE SUIS SÛR QUE NOUS NOUS ENTENDRONS PARFAITEMENT, ELLE ET MOI !!
ET... ET MA TOILE ?!
GARDEZ-LA ! ... POURQUOI ACHETER UNE COPIE QUAND ON PEUT S'OFFRIR L'ORIGINAL EN CHAIR ET EN OS AH ! AH ! AH !
ET C'EST AINSI QUE, DANS LES ANNÉES 20 JANE HARRIS DEVINT LA REINE DES NUITS DE CHICAGO SOUS LE PSEUDONYME DE SUGAR LOVE !
LAISSEZ-NOUS ENTRER !
JE SUIS PRÊT À PAYER DOUBLE TARIF SI VOUS VOULEZ !
POUR UNE FOIS QUE MA FEMME ÉTAIT PARTIE CHEZ SA MÈRE ET QUE JE POUVAIS SORTIR PEINARD, J'AI VRAIMENT PAS DE VEINE !
ET MOI DONC ! PENSEZ, JE SUIS VENU EXPRÈS DE PHILADELPHIE POUR VOIR SUGAR
OUI, MONSIEUR DE PHILADELPHIE !
DÉSOLÉ, MESSIEURS-DAMES IL N'Y A PLUS DE PLACES ! ... C'EST TROP TARD. D'AILLEURS MISS SUGAR LOVE A DÉJÀ COMMENCÉ SON NUMÉRO DE STRIP-TEASE !
NEVER
DENNY DAVIS JR. CROBINSON
SUGAR LOVE Tonight

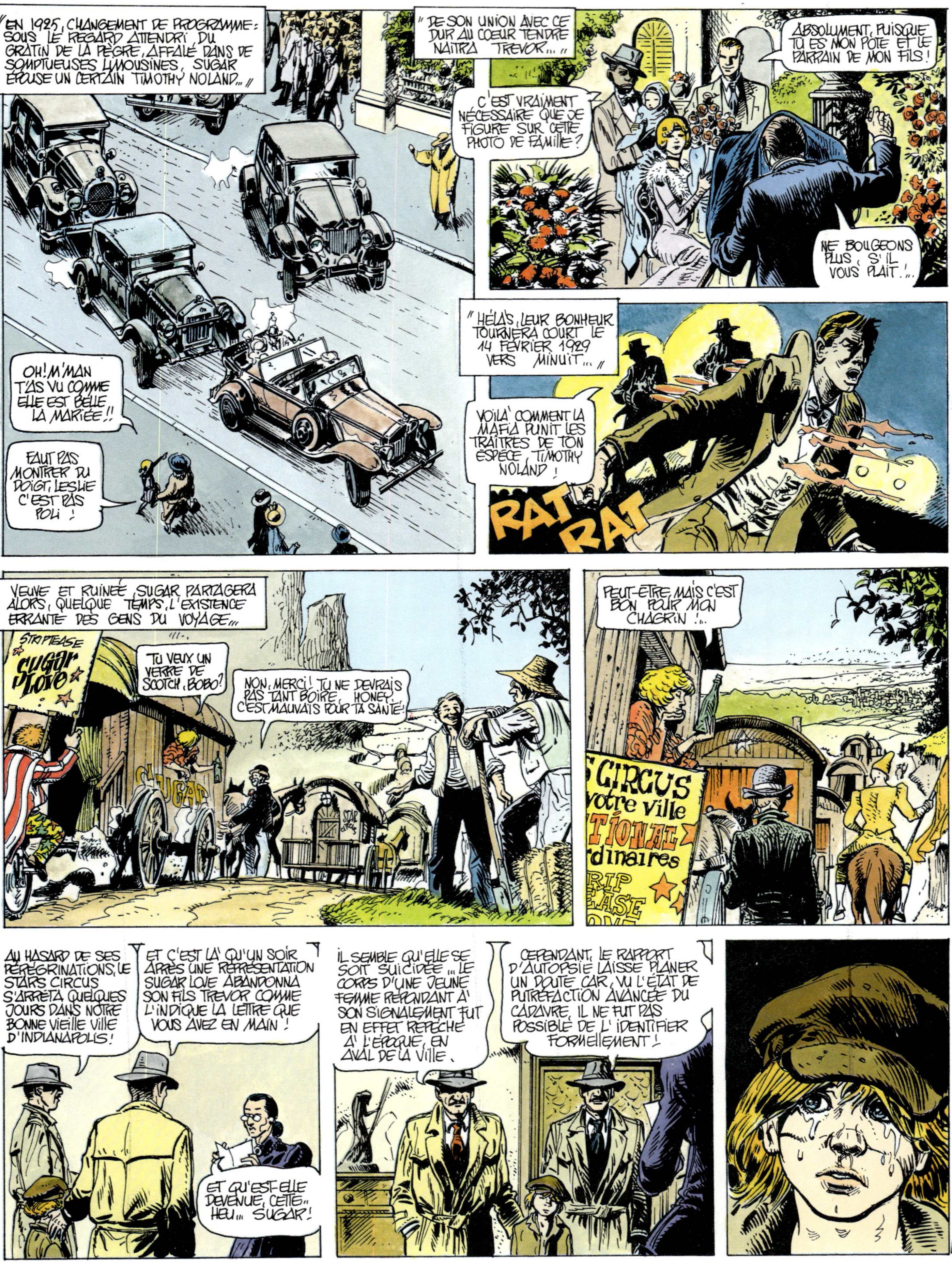
« EN 1925, CHANGEMENT DE PROGRAMME : SOUS LE REGARD ATTENDRI DU GRATIN DE LA PÈGRE, AFFALÉ DANS DE SOMPTUEUSES LIMOUSINES, SUGAR ÉPOUSE UN CERTAIN TIMOTHY NOLAND... »
OH ! M'MAN T'AS VU COMME ELLE EST BELLE, LA MARIÉE !!
FAUT PAS MONTRER DU DOIGT, LESLIE C'EST PAS POLI !
« DE SON UNION AVEC CE DUR AU COEUR TENDRE NAITRA TREVOR... »
C'EST VRAIMENT NÉCESSAIRE QUE JE FIGURE SUR CETTE PHOTO DE FAMILLE ?
ABSOLUMENT, PUISQUE TU ES MON POTE ET LE PARRAIN DE MON FILS !
NE BOUGEONS PLUS, S'IL VOUS PLAIT !...
« HÉLAS, LEUR BONHEUR TOURNERA COURT LE 14 FÉVRIER 1929 VERS MINUIT... »
VOILÀ COMMENT LA MAFIA PUNIT LES TRAITRES DE TON ESPÈCE, TIMOTHY NOLAND !
RAT RAT
VEUVE ET RUINÉE, SUGAR PARTAGERA ALORS, QUELQUE TEMPS, L'EXISTENCE ERRANTE DES GENS DU VOYAGE...
STRIPTEASE
Sugar Love
TU VEUX UN VERRE DE SCOTCH, BOBO ?
NON, MERCI ! TU NE DEVRAIS PAS TANT BOIRE, HONEY. C'EST MAUVAIS POUR TA SANTÉ !
SUGAR
PEUT-ÊTRE, MAIS C'EST BON POUR MON CHAGRIN !...
S CIRCUS
votre ville
TIONAL
rdinaires
AU HASARD DE SES PÉRÉGRINATIONS, LE STARS CIRCUS S'ARRÊTA QUELQUES JOURS DANS NOTRE BONNE VIEILLE VILLE D'INDIANAPOLIS !
ET C'EST LÀ QU'UN SOIR APRÈS UNE REPRÉSENTATION SUGAR LOVE ABANDONNA SON FILS TREVOR COMME L'INDIQUE LA LETTRE QUE VOUS AVEZ EN MAIN !
ET QU'EST-ELLE DEVENUE, CETTE... HEU... SUGAR !
IL SEMBLE QU'ELLE SE SOIT SUICIDÉE... LE CORPS D'UNE JEUNE FEMME RÉPONDANT À SON SIGNALEMENT FUT EN EFFET REPÊCHÉ À L'ÉPOQUE, EN AVAL DE LA VILLE.
CEPENDANT, LE RAPPORT D'AUTOPSIE LAISSE PLANER UN DOUTE CAR, VU L'ÉTAT DE PUTRÉFACTION AVANCÉE DU CADAVRE, IL NE FUT PAS POSSIBLE DE L'IDENTIFIER FORMELLEMENT !
7

NOUS NE DEVRIONS PAS PARLER DE CES CHOSES-LÀ DEVANT LUI C'EST UN ENFANT TRÈS SENSIBLE !... IL VAUDRAIT MIEUX QU'IL AILLE JOUER DEHORS EN ATTENDANT QUE NOUS...
NE PLEURE PLUS MON PETIT, C'EST FINI,... LÀ... MOUCHE-TOI...
PAS QUESTION ! SALE COMME IL EST, IL REPASSERAIT DES POUX À TOUS LES AUTRES !... INUTILE D'INSISTER... ET D'AILLEURS LA RÉCRÉATION EST TERMINÉE !
EN RANG, EN ORDRE ET EN SILENCE !... LE PREMIER QUE J'ENTENDS BAVARDER SERA PRIVÉ DE DESSERT !
MES PENSIONNAIRES M'ATTENDENT, MESSIEURS, JE VAIS DEVOIR ABRÉGER NOTRE ENTRETIEN !
UNE DERNIÈRE QUESTION TOUTEFOIS : QUI A ÉLEVÉ CE GOSSE, APRÈS LA MORT DE SA MÈRE ?
MYSTÈRE ⊗... NOUS L'IGNORONS TOTALEMENT ET QUAND ON L'INTERROGE À CE SUJET IL RESTE MUET DÉSESPÉRÉMENT, ET FOND INVARIABLEMENT EN LARMES !...
ON SAIT SEULEMENT QU'IL COMMETTAIT DIVERS LARCINS POUR SURVIVRE, CAR C'EST À LA SUITE D'UNE PLAINTE PORTÉE PAR UN COMMERÇANT AUQUEL IL AVAIT VOLÉ UN HOT-DOG QU'IL A COMPARU DEVANT LE JUGE POUR ENFANTS !...
JE VOIS ! VOTRE JUGE S'AMUSE À M'ENVOYER DE LA CANAILLE ! JE PRÉFÉRERAIS QU'IL M'ENVOIE DE L'ARGENT ! DITES-LE LUI DE MA PART QUAND VOUS LE VERREZ !!
NOUS TRANSMETTRONS ... AU REVOIR MISS ANDERSON.
⊗ VOIR : "RACE DE CHAGRIN"
SALUT TREVOR !
BONNE CHANCE BONHOMME !
EMMENEZ-MOI JE NE VEUX PAS RESTER LÀ... JE VEUX PAS !
NOONN !!
TSS ! TSS ! ON NE TE DEMANDE PAS TON AVIS MON GARÇON !!
ET RETIRE-MOI ÇA TOUT DE SUITE !... ON NE T'A DONC JAMAIS APPRIS À ÔTER TA CASQUETTE DEVANT LES GRANDES PERSONNES, MALPOLI !!!
!??
M... MA CASQUETTE... M... MA... CASQUETTE !!
TAIS-TOI !! ET CESSE DE PLEURNICHER ... TU M'AGACES !!!
8

HELEN !! HELEN ! OÙ ÊTES-VOUS ?!
JE SUIS LÀ MADAME, JE FAIS LA LESSIVE !...
PARFAIT, PARFAIT... JE VOUS AMÈNE JUSTEMENT UN PAQUET DE LINGE SALE !!
REGARDEZ DANS QUEL ÉTAT ON NOUS LES ENVOIE, À PRÉSENT !... IL EST PLUS CRASSEUX QU'UN GORET ET EMPESTE HORRIBLEMENT LE CANIVEAU... JE VOUS LE CONFIE, TÂCHEZ DE LE RENDRE PRÉSENTABLE !
BIEN MADAME
ET SURTOUT, N'AYEZ PAS PEUR DE FROTTER FORT, ILS ONT LA PEAU SOLIDE À CET ÂGE-LÀ !...
VIENS MON PETIT !
ALLEZ, HOP, AU BAIN ! DÉSHABILLE-TOI, MON GRAND ET TREMPE-TOI DONC DANS CE BAQUET LÀ !!
AU FAIT, TU NE M'AS PAS DIT TON NOM ? MOI, C'EST HELEN, MAIS ICI, TOUS LES ENFANTS ME SURNOMMENT SWEETY, RAPPORT AUX BONBONS QUE JE LEUR OFFRE EN CACHETTE ! ET TOI, COMMENT T'APPELLES-TU ?...
TU NE RÉPONDS PAS ?... C'EST Y QUE T'AURAIS PERDU TA LANGUE, DES FOIS ?... MONTRE UN PEU, POUR VOIR !!
EH ! NON ! TU L'AS PAS PERDUE, JE L'APERÇOIS ! AH ! AH ! AH ! À LA BONNE HEURE, TE VOILÀ QUI SOURIS, À PRÉSENT ! ET BIENTÔT, TU VERRAS, TU RIRAS, MON GAMIN, TU RIRAS ! TU PEUX CROIRE SWEETY, LE CHAGRIN MEURT COMME L'HIVER, ET L'ÉTÉ REVIENT, TOUJOURS TOUJOURS !
9

ÇA PIQUE!
BOUGE PAS, MON BONHOMME, JE VAIS BIENTÔT TE RINCER!.. RESTE JUSTE À SAVONNER TA PETITE CAROTTE!..
FAUT BIEN LA NETTOYER TA PETITE CAROTTE... SINON ELLE GRANDIRA PAS ... ÇA CHATOUILLE HEIN ?... AH! AH! AH!
QUELLE HONTE!.. CETTE DRÔLESSE S'ATTARDE SUR LES ENDROITS MALHONNÊTES ELLE A DÉCIDÉMENT TOUS LES VICES!...
JE VOUS Y PRENDS MISÉRABLE!...AH! C'EST DU PROPRE!
?!
?!... M... MAIS MADAME, JE... JE NE COMPRENDS PAS ... JE !!!
VOUS COMPRENEZ TRÈS BIEN AU CONTRAIRE! VOUS MÉRITERIEZ QUE JE VOUS CHASSE POUR VOUS PUNIR DE VOS PENCHANTS PERVERS, PETITE DÉVERGONDÉE!!!...
VOUS VOUS MÉPRENEZ MADAME... JE... JE VOUS ASSURE QUE...
TAISEZ-VOUS, EFFRONTÉE VOUS DEVRIEZ PLUTÔT ROUGIR D'AVOIR TRIPOTÉ CET ENFANT!... DÉPÊCHEZ-VOUS DONC DE L'ESSUYER ET COUVREZ D'UNE SERVIETTE SA NUDITÉ OBSCÈNE!..
ENSUITE, MA FILLE, VOUS IREZ LUI CHERCHER UN UNIFORME À SA TAILLE DANS LA LINGERIE!.. PENDANT CE TEMPS, MOI, JE LUI COUPERAI SON ÉPAISSE TIGNASSE!!!...
KLIC KLIC
NOOON! PAS MES CHEVEUX! JE VEUX PAS!
INUTILE DE CRIER, MON GARÇON JE ME FICHE ÉPERDUMENT QUE ÇA TE PLAISE OU NON!! TENEZ-LE BIEN, HELEN!!
KLIK KLIK
10

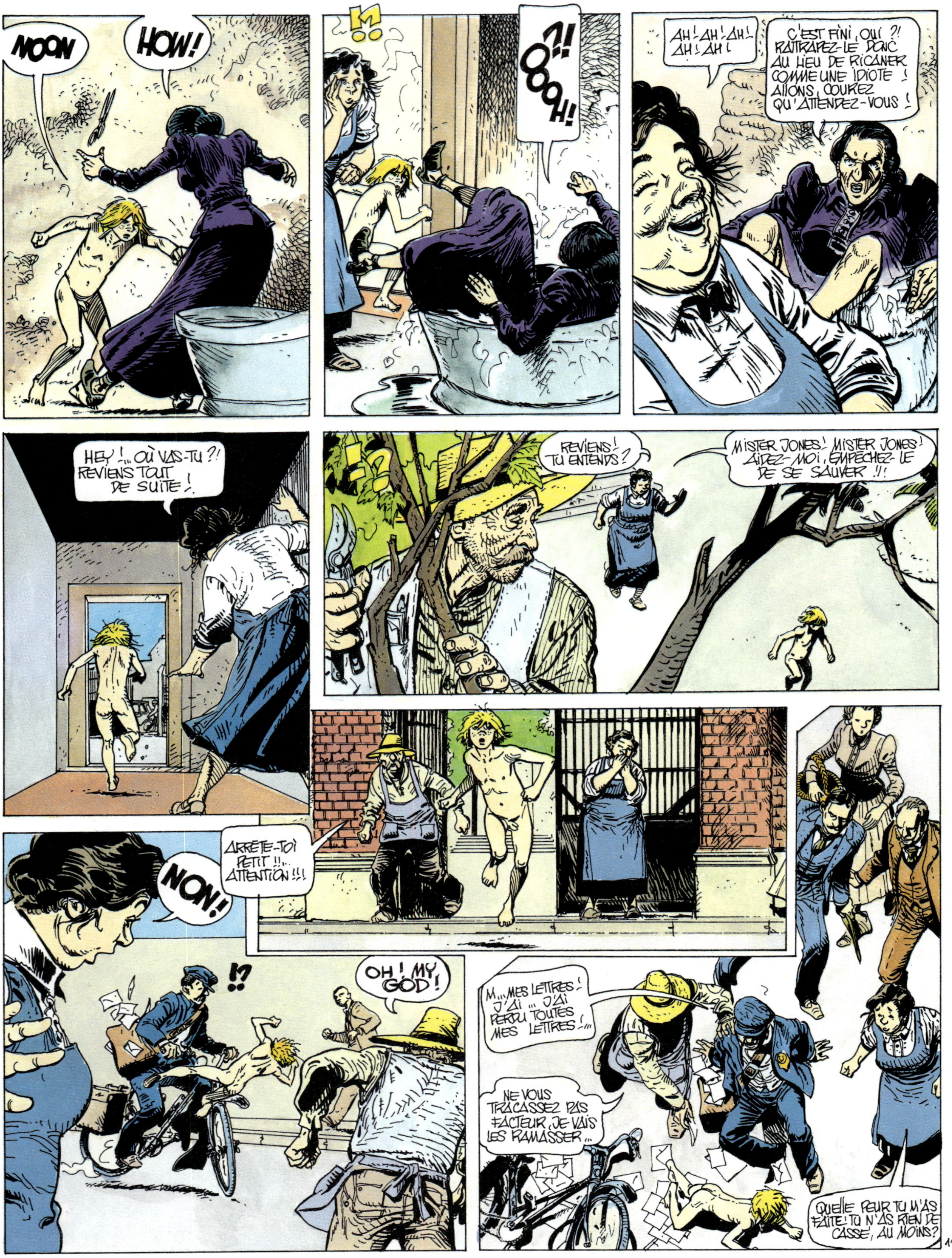
NOON
HOW!
?!
OOOH!
AH! AH! AH! AH! AH!
C'EST FINI, OUI ?! RATTRAPEZ-LE DONC AU LIEU DE RICANER COMME UNE IDIOTE ! ALLONS, COUREZ QU'ATTENDEZ-VOUS !
HEY !... OÙ VAS-TU ?! REVIENS TOUT DE SUITE !
REVIENS ! TU ENTENDS ?
MISTER JONES ! MISTER JONES ! AIDEZ-MOI, EMPÊCHEZ-LE DE SE SAUVER !!
ARRÊTE-TOI PETIT !!... ATTENTION !!!
NON !
!?
OH ! MY GOD !
M... MES LETTRES ! J'AI ... J'AI PERDU TOUTES MES LETTRES !...
NE VOUS TRACASSEZ PAS FACTEUR, JE VAIS LES RAMASSER...
QUELLE PEUR TU M'AS FAITE ! TU N'AS RIEN DE CASSÉ, AU MOINS ?
11

ET MON UNIFORME !... IL EST TOUT DÉCHIRÉ, MON BEL UNIFORME ! TU MÉRITERAIS UNE PAIRE DE TALOCHES SALE MORVEUX ! ...
FICHEZ-LUI LA PAIX !... ET D'ABORD, TOUT ÇA C'EST VOTRE FAUTE, VOUS ALLIEZ BIEN TROP VITE !!
ELLE A RAISON VOUS ROULIEZ COMME UN FOU !... ASSASSIN !
MAIS NON VOYONS ! LE CYCLISTE N'Y EST POUR RIEN !
AH ! PERMETTEZ ! PERMETTEZ, J'AI TOUT VU ET ...
MOI AUSSI J'AI TOUT VU, MONSIEUR, ET JE SUIS PRÊTE À TÉMOIGNER !
PARDON ! LAISSEZ-MOI PASSER ! LAISSEZ-MOI PASSER !
DEBOUT, VAURIEN !!
JE VAIS TE DRESSER, MOI TU VAS VOIR !
RENTRE IMMÉDIATEMENT À L'ORPHELINAT... ET PLUS VITE QUE ÇA, CHENAPAN !
PAUVRE GOSSE !
BAH ! UNE BONNE CORRECTION ÇA LUI FERA PAS DE MAL !
ET MA BICYCLETTE ?... QU'EST-CE QUE JE VAIS DEVENIR, MOI, SANS BICYCLETTE !
BEN T'IRAS À PIED FAINÉANT !... COMME ÇA AU MOINS T'ÉCRASERAS PAS LE MONDE
PETIT VOYOU !... TU VAS REGRETTER AMÈREMENT D'AVOIR OSÉ ME FRAPPER JE TE LE PROMETS !!
POUR COMMENCER, TU AURAS LE CRÂNE RASÉ, APRÈS QUOI TU IRAS EN PÉNITENCE DANS LA CHAMBRE NOIRE !!

CETTE CHAMBRE NOIRE DONT VOUS VENEZ DE PARLER, MISS ANDERSON C'ÉTAIT QUOI EXACTEMENT ?
C'ÉTAIT UNE PETITE PIÈCE INUTILISÉE, DANS LAQUELLE ON ISOLAIT PARFOIS UN ENFANT PARTICULIÈREMENT RÉCALCITRANT, EN GUISE DE PUNITION...
AUTANT DIRE : UNE PRISON !
OUI, VOTRE "CHAMBRE NOIRE" N'ÉTAIT RIEN D'AUTRE QU'UNE PRISON, MISS ANDERSON !... UNE CELLULE CRASSEUSE ET SOMBRE OÙ VOUS NOUS LAISSIEZ CROUPIR DURANT D'INTERMINABLES JOURS, À L'EAU ET AU PAIN SEC, AVEC POUR TOUT LIT UNE PAILLASSE JETÉE À MÊME LE SOL !...
C'EST LA VÉRITÉ, MONSIEUR LE PRÉSIDENT DEMANDEZ DONC À CETTE VIEILLE TAUPE SI JE MENS !!
MODÉREZ VOS PROPOS, JEUNE HOMME NOUS SOMMES ICI DANS UN PRÉTOIRE PAS SUR UN CHAMP DE FOIRE...
ALLONS, CALMEZ-VOUS VOYONS, VOUS NOUS DESSERVEZ EN AGISSANT AINSI !
JE RAPPELLE À L'ACCUSÉ QU'IL N'A PAS À INTERVENIR AU COURS DES DÉBATS, SANS Y ÊTRE EXPRESSÉMENT INVITÉ... JE N'ADMETTRAI AUCUNE RÉCIDIVE...
LA PAROLE EST À L'AVOCAT GÉNÉRAL !
REVENONS SI VOUS LE VOULEZ BIEN, MISS ANDERSON, À L'ORPHELIN TREVOR NOLAND ! TOUT D'ABORD, QUEL GENRE D'ENFANT ÉTAIT-CE ?...
C'ÉTAIT UN GARNEMENT INDISCIPLINÉ ET FUGUEUR PAR-DESSUS LE MARCHÉ !
COMBIEN DE FUGUES FIT-IL DURANT SON SÉJOUR DANS VOTRE ÉTABLISSEMENT ?
OH ! UNE BONNE VINGTAINE EN CINQ ANS... GÉNÉRALEMENT LA POLICE LE RETROUVAIT ASSEZ VITE, SAUF LORS DE SA DERNIÈRE FUGUE, EN 1936 OÙ ON L'A RECHERCHÉ EN VAIN PENDANT PRÈS D'UNE SEMAINE !!
QUEL ÂGE AVAIT-IL À L'ÉPOQUE ?
DIX ANS, JE CROIS... OUI C'EST ÇA, DIX ANS, J'EN SUIS SÛRE CAR IL COUCHAIT ALORS DANS LE DORTOIR DES GRANDS ! C'EST D'AILLEURS EN ALLANT LES RÉVEILLER QUE J'AI CONSTATÉ SA DISPARITION LE MATIN DU 18 JUILLET 1936...
DEBOUT TOUT LE MONDE !... RÉVEILLEZ-VOUS, IL EST L'HEURE !...
DING DING DING-DING-DING
13

ALLONS, PRESSONS PARESSEUX ! ... L'AVENIR APPARTIENT À CEUX QUI SE LÈVENT TÔT !!
DIG DONG DING
LE DERNIER SORTI DU LIT SERA DE CORVÉE DE NETTOYAGE ! TU ENTENDS , TREVOR ?!
EH BIEN , TU ES DEVENU SOURD OU ?!?... OOOH LE MISÉRABLE !
AH, ÇA TE FAIT RIRE, TOI !! TU ÉTAIS DE CONNIVENCE AVEC LUI, SANS DOUTE ?... RÉPONDS OU JE TE GIFLE !! TU SAVAIS QU'IL ALLAIT FUGUER N'EST-CE PAS ?
O... OUI MADEMOISELLE ...
ALORS, POURQUOI NE M'AS-TU PAS PRÉVENUE ?
PARCE QUE... EUH... IL M'A DIT QUE SI JE LE DÉNONÇAIS, IL ME CASSERAIT LA FIGURE !...
JE VOIS !... ET BIEN ENTENDU, TU NE SAIS PAS OÙ IL EST ALLÉ ?
SI, IL EST PARTI CHERCHER SA MAMAN...
SA MÈRE, VOUS VOUS RENDEZ COMPTE ?! ELLE ÉTAIT MORTE DEPUIS PRESQUE DIX ANS ET IL ESPÉRAIT LA RETROUVER ... IL N'Y A VRAIMENT QU'UN GOSSE POUR AVOIR DES LUBIES PAREILLES !
ET QU'A FAIT LA POLICE ?
PAS GRAND CHOSE, COMME D'HABITUDE ! ... ELLE S'EST CONTENTÉE D'INTERROGER LES VOISINS, DE SUIVRE DES PRÉTENDUES PISTES QUI NE MENAIENT NULLE PART, LA ROUTINE, EN SOMME ! ...
14

QUARANTE-HUIT HEURES PLUS TARD COMME L'ENQUÊTE PIÉTINAIT TOUJOURS J'AI PRIS LE MORS AUX DENTS ET JE ME SUIS RENDUE AU COMMISSARIAT DU QUARTIER!
AH! MISS ANDERSON!... QU'EST-CE QUI ME VAUT L'HONNEUR DE VOTRE VISITE ?!
VOTRE INCOMPÉTENCE MON CHER. VOTRE INCOMPÉTENCE MANIFESTE À RETROUVER MON FUGUEUR!!
VOILÀ DÉJÀ DEUX JOURS QU'IL S'EST ENFUI ET VOUS N'AVEZ TOUJOURS PAS LE MOINDRE INDICE! C'EST INADMISSIBLE!
INADMISSIBLE ET INTOLÉRABLE! UNE TELLE SITUATION NE PEUT S'ÉTERNISER PLUS LONGTEMPS. IL EN VA DE MA RÉPUTATION ET DE CELLE DE MON ÉTABLISSEMENT... JE JOUE MA PLACE, MOI, DANS CETTE AFFAIRE...
JE COMPRENDS PARFAITEMENT MAIS...
IL N'Y A PAS DE "MAIS"!!... CROYEZ-VOUS QUE C'EST EN RESTANT VAUTRÉ DANS CETTE INFECTE TABAGIE QUE VOUS LE RETROUVEREZ? REMUEZ-VOUS, AGISSEZ... ET VITE, OU J'EN RÉFÉRERAI À VOS SUPÉRIEURS!...
JE... JE VOUS PROMETS DE TENTER L'IMPOSSIBLE, MISS, JE VAIS IMMÉDIATEMENT FAIRE RATISSER LA VILLE PAR TOUS MES HOMMES...
INUTILE! ÇA NE SERVIRAIT À RIEN, VOUS LE SAVEZ TRÈS BIEN!... JE VOUS AI APPORTÉ QUELQUE CHOSE DE BEAUCOUP PLUS EFFICACE! VOYONS, OÙ L'AI-JE DONC MISE?.. AH! LA VOICI!
TENEZ, C'EST UNE PHOTOGRAPHIE RÉCENTE DU PETIT TREVOR NOLAND! NE POURRAIT-ON PAS LA FAIRE PUBLIER PAR LA PRESSE, ACCOMPAGNÉE D'UN AVIS DE RECHERCHE??
SI, BIEN SÛR! C'EST UNE EXCELLENTE IDÉE!!
15

L'IDÉE ÉTAIT EFFECTIVEMENT EXCELLENTE TOUTEFOIS, SI ELLE PORTA SES FRUITS ELLE SE RETOURNA EN DERNIER LIEU CONTRE SON INSTIGATRICE, À SAVOIR MISS ANDERSON !!
STEVENS G
EN EFFET, PAR LE TRUCHEMENT DES GRANDS QUOTIDIENS LA PHOTO DE L'ENFANT FUT DIFFUSÉE DANS PRESQUE TOUTE L'AMÉRIQUE ET NOTAMMENT À CHICAGO, OÙ...
TREVOR ?!
CHICAGO TRIB
?!
LE LENDEMAIN, UN INCONNU SONNA À LA GRILLE DE L'ORPHELINAT...
DLING
DLING
DLING
DLING
!?! VOUS DÉSIREZ MONSIEUR !? ...
JE VOUDRAIS PARLER À LA DIRECTRICE S'IL VOUS PLAÎT !?
VOUS AVEZ RENDEZ-VOUS !?!
NON, MAIS JE DOIS ABSOLUMENT LA RENCONTRER C'EST TRÈS IMPORTANT !
BON, VEUILLEZ PATIENTER JE VAIS...
QU'EST-CE QUE C'EST MISTER JONES ?
AH ! MISS ANDERSON ! ... IL Y A LÀ JUSTEMENT QUELQU'UN QUI DÉSIRE VOUS VOIR !
C'EST À QUEL SUJET ? ...
AU SUJET DE TREVOR NOLAND MADAME...
16

MISS ANDERSON NE PUT FAIRE AUTREMENT QUE DE RECEVOIR L'ÉTRANGE VISITEUR...
QU'AVIEZ-VOUS DONC DE SI IMPORTANT À ME DIRE, MONSIEUR... ... MONSIEUR COMMENT, DÉJÀ ?
BROOKS, CHARLIE BROOKS! J'HABITE CHICAGO ET, HIER MATIN, J'AI LU DANS LE JOURNAL L'AVIS DE RECHERCHE CONCERNANT TREVOR... ALORS!!
JE VOUS ARRÊTE TOUT DE SUITE. SI VOUS ÊTES VENU POUR M'ENTRETENIR DE CETTE AFFAIRE C'EST TROP TARD : L'ENFANT A ÉTÉ RETROUVÉ LA NUIT DERNIÈRE !!
AAAH! TANT MIEUX !... VOUS ME RASSUREZ J'ÉTAIS SI INQUIET! POURRAIS-JE LE VOIR ??
NON! CAR IL EST PUNI! ...ET D'ABORD POUR QUELLE RAISON DEMANDEZ-VOUS À LE VOIR ?
EH BIEN ...
PARCEQUE JE SUIS UN PEU DE SA FAMILLE... J'ÉTAIS EN EFFET LE MEILLEUR AMI DE SES PARENTS ⊗ AINSI QU'EN TÉMOIGNE CETTE PHOTO PRISE LORS DU BAPTÊME DE TREVOR, EN OCTOBRE 1926...
⊗ voir "la glaise des cimetières" et "race de chagrin"
TENEZ... VOUS ME RECONNAÎTREZ AUX CÔTÉS DE TIMOTHY NOLAND ET DE SON ÉPOUSE SUGAR...
ET QUI ME DIT QU'IL S'AGIT BIEN LÀ DES PARENTS DE TREVOR ?
MOI !... ET S'IL VOUS FAUT DES PREUVES REGARDEZ DONC LA DÉDICACE FIGURANT AU VERSO!
Pour Charlie parrain de notre fils Trevor avec toute notre tendresse Timothy Noland Sugar Love
COMME VOUS LE VOYEZ, JE SUIS LE PARRAIN DU PETIT! SI JE NE ME SUIS PAS MANIFESTÉ PLUS TÔT C'EST TOUT SIMPLEMENT QUE J'IGNORAIS CE QU'IL ÉTAIT DEVENU!
PAR BONHEUR, L'ARTICLE PARU DANS LE JOURNAL M'A PERMIS DE RETROUVER SA TRACE, ET JE SUIS VENU AUSSITÔT LE CHERCHER POUR LE RAMENER AVEC MOI À CHICAGO...
VRAIMENT ?... ET VOUS VOUS IMAGINEZ QUE JE VAIS VOUS LE CONFIER SUR SIMPLE PRÉSENTATION D'UN PSEUDO-JUSTIFICATIF PLUS QUE DOUTEUX ?!!
17

MAIS VOUS DIVAGUEZ, CHER MONSIEUR ! CETTE PHOTOGRAPHIE DÉDICACÉE NE PEUT EN AUCUN CAS REMPLACER UN DOCUMENT OFFICIEL ! C'EST ABSOLUMENT ILLÉGAL !
?! ? Ben dis donc ça a l'air de barder là-haut !?
EFFECTIVEMENT, ÇA BARDAIT...
ILLÉGAL OU PAS, JE M'EN FICHE !... CETTE PHOTO EST LA SEULE PREUVE QUE JE POSSÈDE... ET... IL FAUDRA VOUS EN CONTENTER C'EST CLAIR ??
TRÈS... TRÈS CLAIR !
ET MAINTENANT JE VOUS CONSEILLE D'ALLER CHERCHER TREVOR AVANT QUE JE ME FÂCHE, VU ?!
JE... J'Y VAIS... TOUT DE SUITE !
PARFAIT !... JE VOUS ATTENDS ICI !... J'ÉTAIS SÛR QU'ON FINIRAIT PAR S'ENTENDRE TOUS LES DEUX !...
ET VOILÀ LE TRAVAIL ! AU FOND, C'EST PAS COMPLIQUÉ, LES BONNES FEMMES, SUFFIT DE SAVOIR LEUR PARLER... C'EST TOUT !...
?! HEY !!... SI C'EST TREVOR, IL A BIGREMENT CHANGÉ DEPUIS SON BAPTÊME !
?!
GR
ÉPARGNEZ-MOI VOS SARCASMES ET SORTEZ IMMÉDIATEMENT OU... JE LÂCHE MON CHIEN !!
ARH !
OK ! OK !... PUISQUE VOUS INSISTEZ SI GENTIMENT...
ARRH ! ARH !
GRR
DEHORS, CHARLIE CROISA LE VIEUX JARDINIER QUI LE RACCOMPAGNA JUSQU'À LA GRILLE DU PARC...
DITES-MOI, SAVEZ-VOUS OÙ SE TROUVE LE PETIT TREVOR NOLAND EN CE MOMENT ?
IL EST ENFERMÉ DANS LA CHAMBRE NOIRE ! LE PAUVRE GOSSE !...
18

?!! LA CHAMBRE NOIRE ?
OUI, C'EST CETTE CHAMBRE LÀ-HAUT, AU PREMIER ÉTAGE... LA FENÊTRE OVALE AVEC LES BARREAUX VOUS VOYEZ ?..
LA NUIT SUIVANTE, TREVOR QUI S'ENNUYAIT FERMÉ DANS LA CHAMBRE NOIRE, APERÇUT SOUDAIN UNE OMBRE SUR LE MUR DE L'ORPHELINAT.
JE PARIE QUE C'EST MON POTE BILLIE QUI SE TIRE ENCORE EN CAVALE !..
PERDU ! ... C'ÉTAIT PAS BILLIE...
... personne à l'horizon ! allons-y !!
Aucune fenêtre n'est éclairée... de toute évidence, tous ces braves gens roupillent à poings fermés !.. S'agit pas de les réveiller !! ...
Espérons que la mère Anderson n'ait pas eu la mauvaise idée de laisser son cher toutou dehors !!
?!
Bah ! Il doit certainement être enfermé quelque part sinon...
... Il m'aurait déjà bouffé depuis longtemps !
CRR CRR CRR CRR
19

UNE CHOSE M'ÉTONNE, TREVOR NOLAND : COMMENT SE FAIT-IL QUE LE CHIEN DE MISS ANDERSON N'AIT RIEN ENTENDU ?...
TOUT SIMPLEMENT PARCE QU'IL DORMAIT COMME À L'ACCOUTUMÉE DANS LA CHAMBRE DE SA MAÎTRESSE SITUÉE À L'AUTRE BOUT DU BÂTIMENT !...
ET VOUS, COMMENT AVEZ-VOUS RÉAGI EN VOYANT CHARLIE BROOKS SCIER LES BARREAUX ?... JE VEUX DIRE : AVEZ-VOUS EU PEUR ? OU, AU CONTRAIRE, AVEZ-VOUS IMMÉDIATEMENT RECONNU EN LUI VOTRE... " PRÉTENDU " PARRAIN ?...
COMMENT AURAIS-JE PÛ LE RECONNAÎTRE ?... ÇA FAISAIT NEUF ANS QUE JE NE L'AVAIS PAS VU... ET J'AVAIS OUBLIÉ JUSQU'À SON EXISTENCE !...
..." IL NE M'A D'AILLEURS RÉVÉLÉ SON IDENTITÉ QU'EN SORTANT D'INDIANAPOLIS ALORS QUE NOUS ROULIONS À TOUTE ALLURE DANS LA NUIT ... "
ALORS... VOUS... EUH... TU ES VRAIMENT MON PARRAIN ?
EH OUI, FISTON !... ÇA T'ÉPATE, HEIN ?... TIENS, JETTE DONC UN COUP D'OEIL SUR CE CLICHÉ PRIS LE JOUR DE TON BAPTÊME... TU ME RECONNAÎTRAS SUR LA GAUCHE DE LA PHOTO, À CÔTÉ DE TES PARENTS !...
..." MES PARENTS... MES PARENTS PERDUS... MES PARENTS TANT ATTENDUS... ENFIN, JE LES RETROUVAIS... PLUS BEAUX QUE DANS MES RÊVES DÉSESPÉRÉS ...MAIS POURQUOI ÉTAIENT-ILS EN PAPIER ??...
ON CROIRAIT UNE FÉE, MA MAMAN !...
TU AS RAISON, BONHOMME C'ÉTAIT UNE FÉE !... NOUS ÉTIONS TOUS AMOUREUX D'ELLE, MAIS C'EST TON PAPA QU'ELLE A CHOISI !... ENTRE EUX DEUX C'ÉTAIT LE GRAND AMOUR, ET QUAND TU ES NÉ, ILS ÉTAIENT FOUS DE JOIE ! ILS T'ADORAIENT, TU SAIS... ILS T'ADORAIENT !...
ILS SONT AU PARADIS, MES PARENTS, TU CROIS ?
BIEN SÛR, PETIT !... ILS SONT AU CIEL, TOUT LÀ-HAUT AVEC LE BON DIEU !...
ALORS, DIS, POURQUOI ON NE LES VOIT PAS DANS LE CIEL, COMME ON VOIT LES ÉTOILES ?
PARCE QU'ILS SONT BIEN PLUS LOIN QUE LES ÉTOILES, DANS UN PAYS QU'ON NE PEUT VOIR QU'EN REGARDANT AVEC LE COEUR, EN FERMANT LES YEUX !...
20

TU LES VOIS MAINTENANT ?
?! HEY !... POURQUOI TU T'ARRÊTES ?
PANNE D'ESSENCE FISTON !...
C'EST LA DERNIÈRE STATION-SERVICE À CENT MILES À LA RONDE... ESPÉRONS QU'ELLE SOIT ENCORE OUVERTE !...
HOLA !!... OUVREZ ! J'AI BESOIN D'ESSENCE HEY !... VOUS M'ENTENDEZ ?
Y'A PERSONNE, MA PAROLE !... OU ALORS TOUT LE MONDE ROUPILLE LÀ-DEDANS !...
AVEC LA LUMIÈRE ALLUMÉE ?
BEN... C'EST PEUT-ÊTRE UN TYPE QUI A PEUR DU NOIR !
?! DAMNED !!
OOOOH !
21

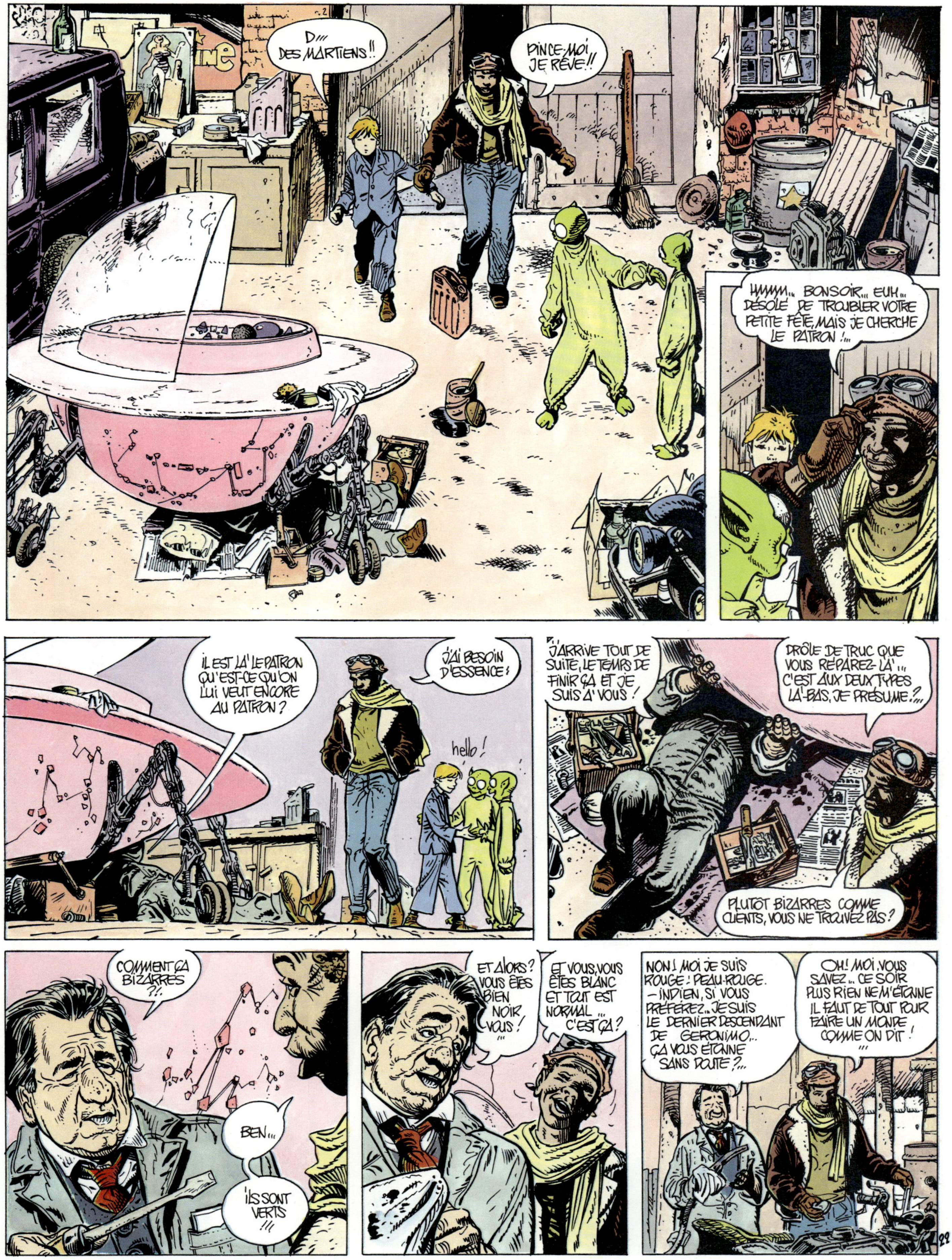
D... DES MARTIENS !!
PINCE-MOI JE RÊVE !!
HMMM... BONSOIR... EUH... DÉSOLÉ DE TROUBLER VOTRE PETITE FÊTE, MAIS JE CHERCHE LE PATRON !...
IL EST LÀ LE PATRON QU'EST-CE QU'ON LUI VEUT ENCORE AU PATRON ?
J'AI BESOIN D'ESSENCE !
hello !
J'ARRIVE TOUT DE SUITE, LE TEMPS DE FINIR ÇA ET JE SUIS À VOUS !
DRÔLE DE TRUC QUE VOUS RÉPAREZ LÀ !... C'EST AUX DEUX TYPES LÀ-BAS, JE PRÉSUME ?...
PLUTÔT BIZARRES COMME CLIENTS, VOUS NE TROUVEZ PAS ?
COMMENT ÇA BIZARRES ?!..
BEN...
ILS SONT VERTS !!!
ET ALORS ? VOUS ÊTES BIEN NOIR, VOUS ! !!!
ET VOUS, VOUS ÊTES BLANC ET TOUT EST NORMAL... C'EST ÇA ?
NON ! MOI JE SUIS ROUGE ! PEAU-ROUGE. — INDIEN, SI VOUS PRÉFÉREZ... JE SUIS LE DERNIER DESCENDANT DE GERONIMO... ÇA VOUS ÉTONNE SANS DOUTE ?...
OH ! MOI, VOUS SAVEZ... CE SOIR PLUS RIEN NE M'ÉTONNE IL FAUT DE TOUT POUR FAIRE UN MONDE, COMME ON DIT ! !!!
22

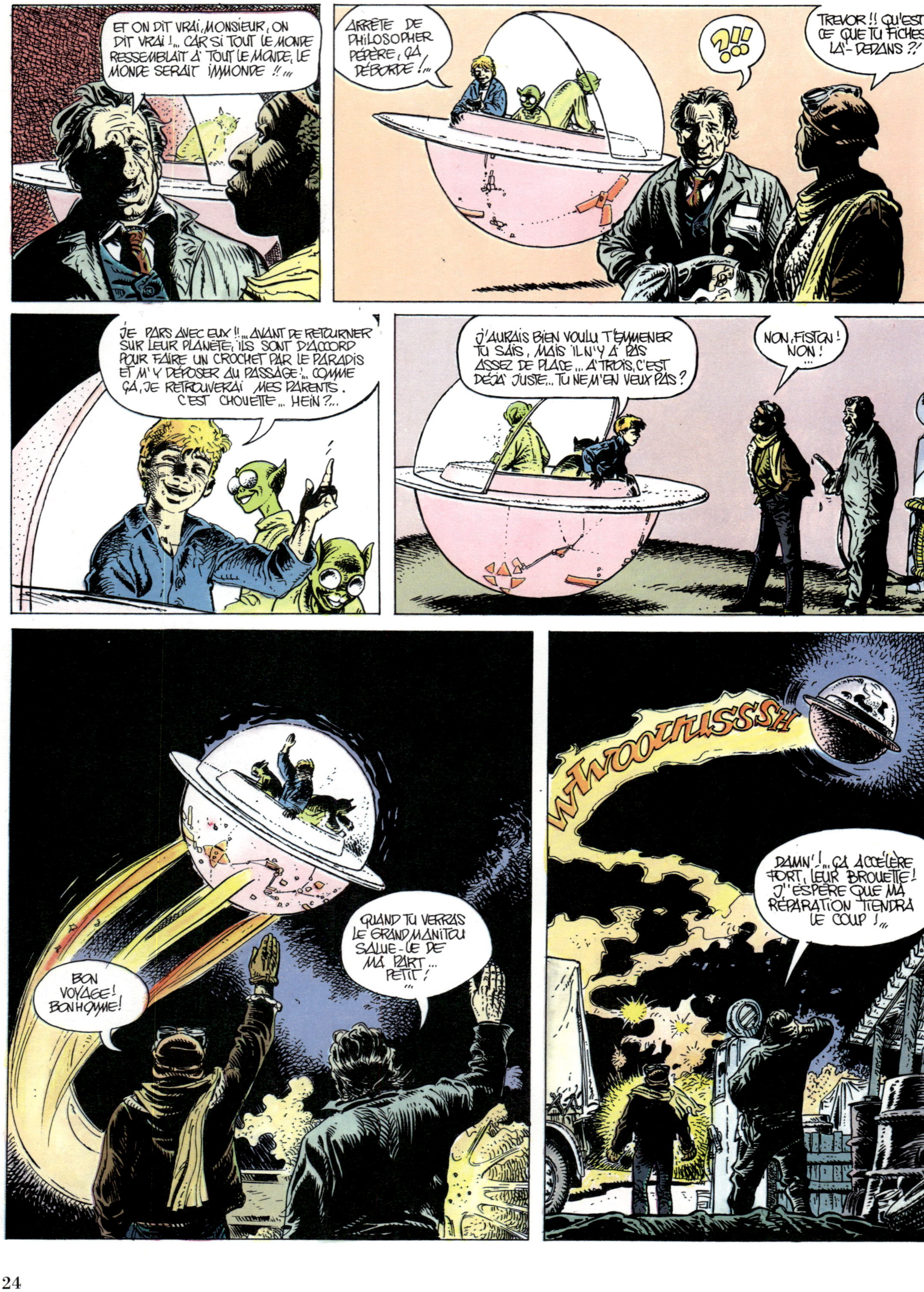
ET ON DIT VRAI, MONSIEUR, ON DIT VRAI !... CAR SI TOUT LE MONDE RESSEMBLAIT À TOUT LE MONDE, LE MONDE SERAIT IMMONDE !!...
ARRÊTE DE PHILOSOPHER PÉPÈRE, ÇA DÉBORDE !...
?!!
TREVOR !! QU'EST-CE QUE TU FICHES LÀ-DEDANS ?!
JE PARS AVEC EUX !!... AVANT DE RETOURNER SUR LEUR PLANÈTE, ILS SONT D'ACCORD POUR FAIRE UN CROCHET PAR LE PARADIS ET M'Y DÉPOSER AU PASSAGE !... COMME ÇA, JE RETROUVERAI MES PARENTS. C'EST CHOUETTE... HEIN ?...
J'AURAIS BIEN VOULU T'EMMENER TU SAIS, MAIS IL N'Y A PAS ASSEZ DE PLACE... À TROIS, C'EST DÉJÀ JUSTE... TU NE M'EN VEUX PAS ?
NON, FISTON ! NON ! ...
BON VOYAGE ! BONHOMME !
QUAND TU VERRAS LE GRAND MANITOU SALUE-LE DE MA PART... PETIT ! ...
WHOOOUSSSH
DAMN' !... ÇA ACCÉLÈRE FORT, LEUR BROUETTE ! J'ESPÈRE QUE MA RÉPARATION TIENDRA LE COUP !...

?! C'EST PAS POSSIBLE... C'EST PAS ICI !!
MAIS SI MAIS SI ...
ET MOI, JE VOUS DIS QUE NON ! .. VOUS AVEZ DÛ CARRÉMENT VOUS PLANTER DANS VOTRE PLAN DE VOL, LES MECS !... JE VOUS PARIE DIX DOLLARS QU'ON N'EST PAS AU PARADIS !
Gagné !
Oui, gamin, tu as gagné : le paradis ce n'est pas ici ; c'est en face !
Là-bas, où il y a le château !...
De l'autre côté de la rivière... tu vois ?...
OUI... MAIS COMMENT JE VAIS POUVOIR TRAVERSER, MOI MAINTENANT QUE LES MARTIENS SONT REPARTIS ?...
Demande donc à la vieille, elle a une barque !...
Elle te la louera peut-être... si tu y mets le prix Eh ! Eh ! Eh !...

PARDON MADAME... EUH... LE CORBEAU M'A DIT DE M'ADRESSER À VOUS PARCEQUE... EUH... J'AURAIS BESOIN DE VOTRE BARQUE... COMBIEN LA LOUEZ-VOUS ?...
Un baiser !... si tu m'embrasses tendrement, comme un fils embrasse sa mère, alors je te prêterai ma barque ! C'est le prix à payer ... tu es d'accord ...?.
BEN... EUH... C'EST-À-DIRE... DE TOUTE FAÇON J'AI PAS LE CHOIX, ALORS...
Alors c'est oui ?
... oui !
AH AH ! AH AH !
M... MISS ANDERSON !
eh bien, qu'attends-tu donc embrasse-moi !.. ah ! ah !
N... NON JE VEUX PAS... NON !
NON... AU SECOURS !!
25a
AU SECOURS ! ... JE !...
RÉVEILLE-TOI BONHOMME... ON EST ARRIVÉS !...
?!... OÙ ÇA ?! ... AU PARADIS ?!
BOOÉÉP
MAIS NON PAS AU PARADIS !! AH ! AH ! AH !
ADIEU MARTIENS, SOUCOUPE VOLANTE VOYAGES INTERSTELLAIRES... ADIEU BEAU RÊVE LA RÉALITÉ ME RAMENAIT BRUSQUEMENT SUR TERRE...
TU AS DORMI PENDANT TOUT LE TRAJET, FISTON ! ET PENDANT QUE TU RÊVAIS, MOI, JEN'AI PAS ARRÊTÉ DE ROULER POUR METTRE LE PLUS DE MILES POSSIBLE ENTRE NOUS ET L'ORPHELINAT...
MAINTENANT, NOUS SOMMES PEINARDS ! PERSONNE NE VIENDRA NOUS DÉNICHER ICI À CHICAGO !
25b.

"CHICAGO, LA VILLE QUI AVAIT TUÉ MON PÈRE CET INCONNU DONT CHARLIE ME PARLA LONGUEMENT SITÔT NOTRE ARRIVÉE..."
IMBATTABLE AU POKER ET LE COEUR SUR LA MAIN ! IL M'ÉPATAIT, TU SAIS !... C'ÉTAIT PLUS QU'UN AMI, POUR MOI : UN FRÈRE !...
TIMOTHY NOLAND 1889 / 1929
UN FRÈRE QUI FUT ABATTU EN PLEINE NUIT, DE DOS, À L'ISSUE D'UNE ODIEUSE MACHINATION MONTÉE PAR UN MAFIOSO NOTOIRE ⊗
SON NOM ?
SCALIZI !... BÉBÉ SCALIZI ! SI UN JOUR TU CROISES CE TRISTE PERSONNAGE, N'HÉSITE SURTOUT PAS, PETIT... POINTE-LUI UN COLT SUR LE NOMBRIL ET DIS-LUI...
HAUT LES MAINS !
J'AI DIT : MAINS EN L'AIR ET PLUS VITE QUE ÇA !... EH ! EH ! CONTENT DE TE REVOIR, NEGRO ÇA FAIT DIX ANS QUE J'ATTENDS CE MOMENT !
?!
DIX ANS !?
OUAIS, RAPPELLE-TOI : IL Y A DIX ANS EXACTEMENT, TOI ET UN DE TES POTES VOUS M'AVEZ COGNÉ DESSUS, ICI MÊME... DANS CE CIMETIÈRE... ⊗ AVANT DE VOUS ENFUIR À BORD D'UN SIDE-CAR !!
LEQUEL SIDE-CAR ÉTAIT IMMATRICULÉ PD 47 ⊗ EXACTEMENT COMME CELUI QUI T'ATTEND BIEN SAGEMENT GARÉ DEHORS COMMENT EXPLIQUES-TU ÇA, BLANCHE-NEIGE ?
PURE COÏNCIDENCE SANS DOUTE !
TU TE FOUS DE MOI OU QUOI ?! ALLEZ, AVANCE ON REPARLERA DE TOUT ÇA AU COMMISSARIAT !! ET PAS DE BLAGUES, SINON...
FRANZ 86.
26
⊗ LIRE : LA GLAISE DES CIMETIÈRES.

ET MOI OÙ JE VAIS ?...
BEN, VIENS AVEC NOUS, PLUS ON EST DE FOUS...
PAS QUESTION !!... TU RESTES ICI POUR GARDER LE SIDE-CAR ! C'EST UNE PIÈCE À CONVICTION, ET TU EN ES RESPONSABLE JUSQU'À MON RETOUR... COMPRIS ?
ÉCOUTEZ, JE SUIS PRÊT À AVOUER TOUT CE QUE VOUS VOUDREZ, MAIS SOYEZ CHIC NE ME SÉPAREZ PAS DE CE GOSSE ! JE SUIS COMME UN PÈRE POUR LUI, ET...
ARRÊTE, TU VAS ME FAIRE CHIALER ! RENGAINE TON BARRATIN ET PRESSE LE PAS, TU VEUX !!
ROAAAP
CHAUD DEVANT !...
CHAUD !
!?
DAMNED !
HOW !
HEY !
ACCROCHE-TOI BIEN OLD CHAP, JE T'EMMÈNE FAIRE UN TOUR ! AH ! AH ! AH !
ROOAP
BIEN JOUÉ, BONHOMME !... Y'A PAS À DIRE, TU ES BIEN LE DIGNE FILS DE TON PÈRE ! AH ! AH ! AH ! MAIS DIS-MOI, QUI T'A APPRIS À PILOTER UNE MOTO ?...
UN FERMIER CHEZ QUI JE M'ÉTAIS RÉFUGIÉ PENDANT UNE DE MES FUGUES !... C'ÉTAIT UN TYPE SUPER ! IL FAISAIT DU MOTO CROSS MALHEUREUSEMENT LES FLICS ONT FINI PAR ME RETROUVER !...
BLAM BLAM BLAM BLAM
ARH !
CHARLIE !
27

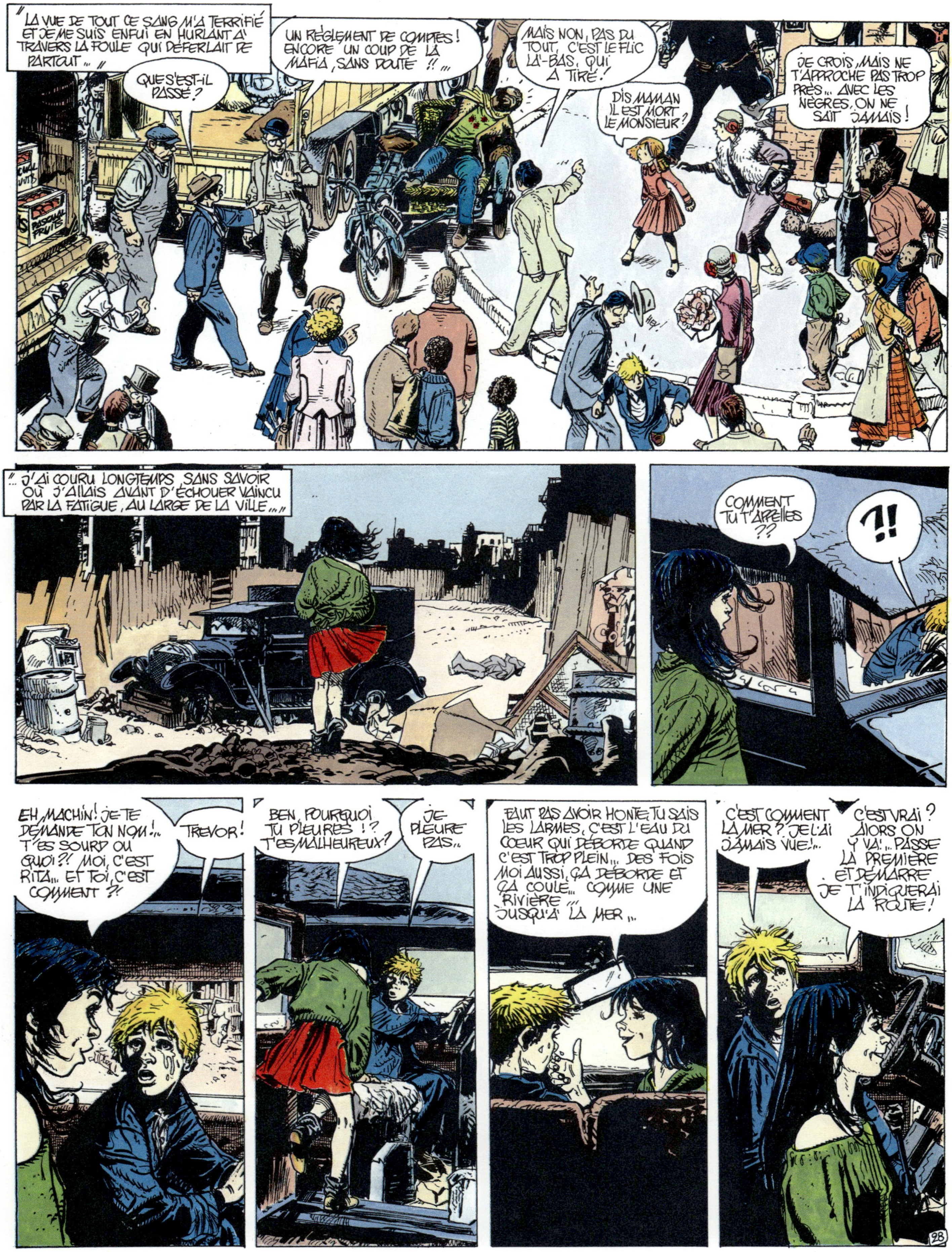
"LA VUE DE TOUT CE SANG M'A TERRIFIÉ ET JE ME SUIS ENFUI EN HURLANT À TRAVERS LA FOULE QUI DÉFERLAIT DE PARTOUT..."
QUE S'EST-IL PASSÉ ?
UN RÈGLEMENT DE COMPTES ! ENCORE UN COUP DE LA MAFIA, SANS DOUTE !!...
MAIS NON, PAS DU TOUT, C'EST LE FLIC LÀ-BAS, QUI A TIRÉ !
DIS MAMAN IL EST MORT LE MONSIEUR ?
JE CROIS, MAIS NE T'APPROCHE PAS TROP PRÈS... AVEC LES NÈGRES, ON NE SAIT JAMAIS !
HEY !
"... J'AI COURU LONGTEMPS, SANS SAVOIR OÙ J'ALLAIS AVANT D'ÉCHOUER VAINCU PAR LA FATIGUE, AU LARGE DE LA VILLE..."
COMMENT TU T'APPELLES ??
?!
EH, MACHIN ! JE TE DEMANDE TON NOM !... T'ES SOURD OU QUOI ?! MOI, C'EST RITA... ET TOI, C'EST COMMENT ?!
TREVOR !
BEN, POURQUOI TU PLEURES ! ? T'ES MALHEUREUX ?
JE PLEURE PAS...
FAUT PAS AVOIR HONTE, TU SAIS LES LARMES, C'EST L'EAU DU COEUR QUI DÉBORDE QUAND C'EST TROP PLEIN... DES FOIS MOI AUSSI, ÇA DÉBORDE ET ÇA COULE... COMME UNE RIVIÈRE ... JUSQU'À LA MER...
C'EST COMMENT LA MER ? JE L'AI JAMAIS VUE !...
C'EST VRAI ? ALORS ON Y VA !... PASSE LA PREMIÈRE ET DÉMARRE JE T'INDIQUERAI LA ROUTE !
28

C'EST PARTI !... ET MAINTENANT FONCE, MEC, FONCE: C'EST TOUT DROIT ! ACCÉLÈRE ! J'ADORE QUAND ÇA VA VITE ... J'AI L'IMPRESSION DE VOLER !
REGARDE LÀ-BAS, ON L'APERÇOIT DÉJÀ !... TOUTE BLEUE AVEC DES VAGUES POUR SE BAIGNER... ...TU LA VOIS ?...
OUI !
C'EST BEAU HEIN ?, MON TREVOR !
OH OUI !... IL MANQUE JUSTE LE BRUIT DES VAGUES...
SORS DE LÀ ET TU L'ENTENDRAS LE BRUIT DES VAGUES... GRÂCE À MON SECRET !
QUEL SECRET !
JE TE LE DIS, MAIS TU NE LE RÉPÉTERAS PAS, D'ACCORD ? EH BEN, SOUS MA JUPE, Y A UN COQUILLAGE ET QUAND ON ÉCOUTE DEDANS, ON ENTEND LA MER !
MENTEUSE !
TU ME CROIS PAS ? TIENS, REGARDE !!
ALORS, COMMENT TU LE TROUVES MON COQUILLAGE ??
?!! IL... IL EST MIGNON !... ON CROIRAIT UNE PETITE BOUCHE QUI SOURIT !
T'ES UN POÈTE, TOI ! LES AUTRES, ILS TROUVENT QUE ÇA RESSEMBLE À UNE TIRE-LIRE !
SI TU VEUX, TU PEUX Y TOUCHER À MA PETITE BOUCHE, ELLE TE MORDRA PAS, TU SAIS !
JE T'Y PRENDS !
29

PETITE CATIN TU DEVRAIS AVOIR HONTE!
!!
MERDALORS! LA VOISINE!
JE VAIS LE DIRE À TA MÈRE POUR QU'ELLE TE FLANQUE UNE BONNE RACLÉE!...
CAUSE TOUJOURS VIEILLE BIDOCHE... T'ES JALOUSE PARCE QUE T'ES MOCHE! AH! AH! AH!
AH! AH!
MALPOLIE!... EFFRONTÉE! FILLE DE RIEN!... À FORCE DE MONTRER TES FESSES À TOUT LE MONDE, TU FINIRAS SUR LE TROTTOIR COMME TA SOEUR!
RITA!
QUANT À TOI, PETIT VOYOU, JE NE SAIS QUI TU ES NI D'OÙ TU SORS MAIS TU NE VAUX GUÈRE MIEUX QU'ELLE ET TU MÉRITES UNE BONNE CORRECTION!
NON! ARRÊTEZ!
ARRÊTEZ!... NE LE FRAPPEZ PAS! LAISSEZ-LE DONC TRANQUILLE, IL N'A RIEN FAIT DE MAL!
AH BEN ÇA ALORS, C'EST TROP FORT JE SURPRENDS CE VAURIEN EN TRAIN DE S'ADONNER À DES CHOSES SALES AVEC L'AUTRE PETITE TRAÎNÉE ET VOUS PRENEZ SA DÉFENSE?
CES "CHOSES" COMME VOUS DITES, NE PARAISSENT SALES QU'À DES ESPRITS SALES!
C'EST-Y PAS MALHEUREUX DE DÉBITER DE TELLES HORREURS!... JE PRÉFÈRE NE PAS VOUS RÉPONDRE SATYRE!!
ÇA VEUT DIRE QUOI "SATYRE"? C'EST VOTRE NOM?
AH! AH!... NON, MON NOM C'EST EISENBERG, ISAAC EISENBERG J'HABITE UNE PETITE MAISON LÀ-BAS DE L'AUTRE CÔTÉ DU TERRAIN VAGUE... ET TOI, OÙ HABITES-TU, JE NE T'AI JAMAIS VU DANS LE QUARTIER!?
MOI, J'HABITE NULLE PART...
30

ALORS, FACE À CE GOSSE SE PRÉTENDANT SANS FOYER, VOUS VOUS SENTEZ SOUDAIN L'ÂME D'UN BON SAMARITAIN, ET VOUS L'EMMENEZ CHEZ VOUS SANS MÊME PRÉVENIR LA POLICE C'EST BIEN ÇA, MONSIEUR EISENBERG ?
OUI ... ET SI JE N'AI PAS PRÉVENU LA POLICE, C'EST SIMPLEMENT PARCE QUE LE PETIT M'A SUPPLIÉ DE NE PAS LE FAIRE, DE PEUR QU'ON NE LE RENVOIE À L'ORPHELINAT !
VOUS AURIEZ DÛ AU CONTRAIRE LE CONDUIRE AU COMMISSARIAT LE PLUS PROCHE !... C'ÉTAIT À LA LOI DE STATUER SUR SON SORT PAS À VOUS !!
PEUT-ÊTRE, MAIS QUAND UN PETIT GARÇON PLEURE DANS VOS BRAS TOUT LE CHAGRIN DE LA TERRE, ON L'EMPORTE LOIN DU TOURMENT SANS RÉFLÉCHIR ... SANS RIEN DIRE, PARCE QUE LE COEUR SE SERRE À EN MOURIR ...
"... CE VIEUX COEUR QU'ON CROYAIT À TOUT JAMAIS ÉTEINT ET QUI SOUDAIN SE REMET À BATTRE POUR QUELQU'UN ..."
T'AS UNE FEMME M'SIEUR ?
NON, MON PETIT ! NI FEMME ! NI ENFANT !
JE VIS SEUL ET CE N'EST PAS DRÔLE TOUS LES JOURS !
BEN T'AS QU'À M'ADOPTER COMME ÇA TU NE SERAS PLUS SEUL ET MOI, JE TE FERAI RIRE !!
C'EST MALHEUREUSEMENT IMPOSSIBLE !... VOIS-TU, POUR ADOPTER UN ENFANT DANS CE PAYS, IL FAUT IMPÉRATIVEMENT AVOIR LA NATIONALITÉ AMÉRICAINE ... OR, JE NE SUIS PAS AMÉRICAIN !
T'ES QUOI ALORS ?
UN ÉMIGRÉ VENU D'ALLEMAGNE ... UN VIEUX VIOLONISTE QUE L'ON A EXPULSÉ MANU MILITARI DE L'ORCHESTRE PHILARMONIQUE DE BERLIN ET QUI A DÛ SE RÉFUGIER ICI L'ANNÉE DERNIÈRE POUR ÉCHAPPER À LA POLICE NAZIE ...
POURQUOI ILS T'EN VOULAIENT, LES FLICS ? T'ES UN BANDIT ?
PIRE : JE SUIS JUIF !... CE QUI, AUX YEUX D'UN CERTAIN HITLER, RELÈVE DU CRIME ET MÉRITE LA MORT !... MAIS C'EST UNE AUTRE HISTOIRE ... UNE HISTOIRE BIEN TROP TRISTE POUR UN PETIT GARÇON COMME TOI
SI JE T'AI RACONTÉ TOUT ÇA, C'EST POUR QUE TU SACHES POURQUOI JE NE PEUX PAS T'ADOPTER ...
31

J'AURAIS POURTANT BIEN VOULU TE GARDER ET T'AIMER COMME MON PROPRE FILS, MAIS ON NE M'EN DONNERA PAS L'AUTORISATION TU COMPRENDS ?
NON, JE NE COMPRENDS PAS !...
JE COMPRENDS PAS POURQUOI IL FAUT UNE AUTORISATION POUR AIMER ?... HEIN, DIS, POURQUOI ?...
LE VIEIL HOMME NE TROUVA RIEN À RÉPONDRE À L'ENFANT ET LEURS MAINS, DÈS LORS NE SE SÉPARÈRENT JAMAIS PLUS...
ELLE EST BELLE MA SALADE, ELLE EST BELLE ET PAS CHÈRE !...
EH BIEN, MONSIEUR EISENBERG, C'EST À VOUS CE BEAU GARÇON ? VOUS NOUS AVIEZ CACHÉ QUE VOUS AVIEZ UN FILS !
C'EST QUE... EUH... IL ÉTAIT RESTÉ JUSQU'ALORS EN EUROPE CHEZ DES AMIS LE TEMPS QUE JE TROUVE UN LOGEMENT ICI, ET IL NE M'A REJOINT QU'AVANT-HIER !
VÉRITABLES POULETS DE FERME ! DEMANDEZ MES POULETS !
COMBIEN JE VOUS EN METS MA P'TITE DAME ?
POURQUOI T'AS MENTI ?
PARCEQU'IL LE FALLAIT BIEN !... PERSONNE NE DOIT SAVOIR QUE JE T'AI ADOPTÉ "CLANDESTINEMENT" SINON LA POLICE RISQUE DE L'APPRENDRE AUSSI, ET TU IMAGINES ALORS LES CONSÉQUENCES !
NOUS DEVONS DONC ÊTRE TRÈS PRUDENTS !... C'EST L'AFFAIRE DE QUELQUE TEMPS, ENSUITE TOUT LE MONDE CROIRA QUE TU ES VRAIMENT MON PETIT GARÇON RÉCEMMENT ARRIVÉ D'ALLEMAGNE ET NOUS SERONS TRANQUILLES !
OUAIS, MAIS ALORS FAUT QUE TU M'APPRENNES À PARLER L'ALLEMAND SINON, ÇA PARAÎTRA LOUCHE !
32

ET C'EST AINSI QUE TREVOR DEVINT BIENTÔT, AUX YEUX DE TOUS, LE FILS D'ISAAC EISENBERG... PROFESSEUR DE MUSIQUE...
À TOUT À L'HEURE, PETIT... JE PARS DONNER MES LEÇONS DE VIOLON EN VILLE ET JE NE SERAI PAS DE RETOUR AVANT MIDI !... D'ICI LÀ, AMUSE-TOI BIEN ET NE PRENDS PAS FROID !... GARDE-TON CACHE-NEZ, SURTOUT !
YA VATI !
PAUVRE MONSIEUR EISENBERG ! ÇA FAIT BIEN TRISTE DE LE VOIR PARTIR À PIED PAR UN TEMPS PAREIL : POURQUOI IL DONNE PAS PLUTÔT SES COURS CHEZ LUI, TON PÈRE ?..
PARCE QUE SES ÉLÈVES VEULENT PAS VENIR À LA MAISON !... C'EST TOUS DES GOSSES DE RICHES ALORS TU COMPRENDS, ILS AIMENT PAS TROP ALLER CHEZ LES PAUVRES !
ILS N'ONT RIEN À CRAINDRE POURTANT CES CULS-DORÉS : C'EST PAS CONTAGIEUX LA PAUVRETÉ... C'EST PAS UNE MALADIE !!!
PAS UNE MALADIE, MAIS UN MAL AUQUEL LE VIEIL HOMME DUT TROUVER RAPIDEMENT UN REMÈDE...
TU ME LIS UNE HISTOIRE POUR M'ENDORMIR P'PA ?..
NON, FISTON PAS CE SOIR J'AI DU TRAVAIL !
ENCORE ! MAIS TU AS DÉJÀ TRAVAILLÉ TOUTE LA JOURNÉE ?
EH OUI ! MAIS QUE VEUX TU... LES LEÇONS DE VIOLON NE SUFFISANT PLUS POUR VIVRE, J'AI DÛ ACCEPTER UN EMPLOI NOCTURNE POUR ARRONDIR NOS FINS DE MOIS DIFFICILES !...
D'AILLEURS, IL EST TEMPS QUE JE PARTE, JE COMMENCE DANS MOINS D'UNE DEMI-HEURE
ET... ET JE VAIS RESTER TOUT SEUL ICI ?!
TU NE VAS PAS ME DIRE QUE TU AS PEUR, TOUT DE MÊME... UN GRAND GARÇON COMME TOI !
OH SI, J'AI PEUR ! SANS TOI J'AI TOUJOURS PEUR ... DU NOIR... DE LA NUIT, DE TOUT ! NE ME LAISSE PAS MON PAPA JUIF ME LAISSE PAS !..
CALME-TOI BONHOMME ALLONS NE PLEURE PLUS SI JE T'EMMÈNE AVEC MOI... TU PROMETS D'ÊTRE SAGE ?
TREVOR PROMIT ET SON CHAGRIN S'ENVOLA DANS LA NUIT...
C'EST OÙ TON TRAVAIL ?
DANS UN VIEUX THÉÂTRE DU QUARTIER QUE DE JEUNES COMÉDIENS VIENNENT DE REMETTRE À NEUF... J'AI RENCONTRÉ LEUR DIRECTEUR HIER, QUI M'A PROPOSÉ D'ASSURER LA PARTIE MUSICALE DE CERTAINS DE LEURS SPECTACLES...

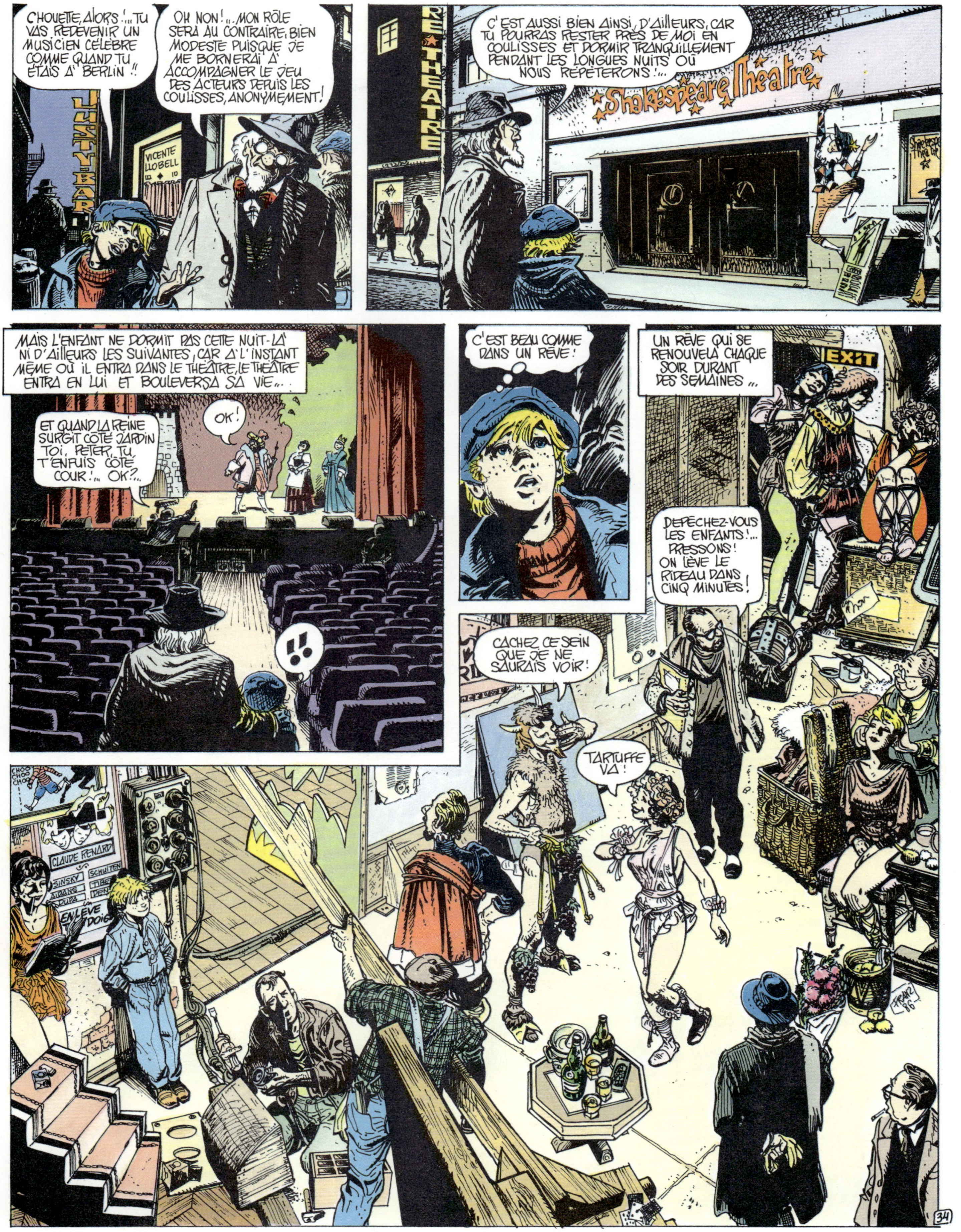
CHOUETTE, ALORS !... TU VAS REDEVENIR UN MUSICIEN CÉLÈBRE COMME QUAND TU ÉTAIS À BERLIN !!
OH NON !... MON RÔLE SERA AU CONTRAIRE BIEN MODESTE PUISQUE JE ME BORNERAI À ACCOMPAGNER LE JEU DES ACTEURS DEPUIS LES COULISSES, ANONYMEMENT !
JUSTY BAR
VICENTE LLOBELL
THÉÂTRE
C'EST AUSSI BIEN AINSI, D'AILLEURS, CAR TU POURRAS RESTER PRÈS DE MOI EN COULISSES ET DORMIR TRANQUILLEMENT PENDANT LES LONGUES NUITS OÙ NOUS RÉPÉTERONS !...
Shakespeare Theatre
MAIS L'ENFANT NE DORMIT PAS CETTE NUIT-LÀ NI D'AILLEURS LES SUIVANTES, CAR À L'INSTANT MÊME OÙ IL ENTRA DANS LE THÉÂTRE, LE THÉÂTRE ENTRA EN LUI ET BOULEVERSA SA VIE...
ET QUAND LA REINE SURGIT CÔTÉ JARDIN TOI, PETER, TU T'ENFUIS CÔTÉ COUR !... OK ?..
OK !
!!
C'EST BEAU COMME DANS UN RÊVE !
UN RÊVE QUI SE RENOUVELA CHAQUE SOIR DURANT DES SEMAINES...
EXIT
DÉPÊCHEZ-VOUS LES ENFANTS !... PRESSONS ! ON LÈVE LE RIDEAU DANS CINQ MINUTES !
CACHEZ CE SEIN QUE JE NE SAURAIS VOIR !
TARTUFFE VA !
CLAUDE RENARD
FRANZ 86
34

...DES MOIS...
LE PAUVRE PETIT N'A RIEN PU AVALER DE LA JOURNÉE !... ÇA FAIT SI LONGTEMPS QU'IL RÊVAIT DE MONTER SUR LES PLANCHES, VOUS SAVEZ !... IL A UN TRAC FOU !...
RASSURE-TOI, TREVOR ! C'EST NORMAL D'AVOIR LE TRAC ! SURTOUT QUAND ON FAIT COMME TOI CE SOIR, SES GRANDS DÉBUTS EN PUBLIC À DOUZE ANS À PEINE !
...DES ANNÉES...
JE CHERCHE TREVOR. L'AVEZ-VOUS VU ?
IL EST DANS SA LOGE, AVEC LE METTEUR EN SCÈNE ! J'SAIS PAS TROP C'QU'ILS SE RACONTENT, MAIS ÇA FAIT PLUS D'UNE HEURE QU'ILS SONT ENFERMÉS TOUS LES DEUX LÀ-DEDANS !...
TREVOR Eisenberg
AH ! C'EST TOI P'PA !... TU CONNAIS LA NOUVELLE ?!
QUELLE NOUVELLE !?
EH BIEN, MONSIEUR EISENBERG, JE VAIS MONTER PROCHAINEMENT LE "ROMÉO ET JULIETTE" DE SHAKESPEARE ET J'AI DÉCIDÉ D'EN CONFIER LE RÔLE PRINCIPAL À VOTRE FILS !...
DEPUIS CINQ ANS QUE TREVOR FAIT PARTIE DE MA TROUPE, J'AI EU TOUT LE LOISIR DE JUGER DE SON TALENT, ET JE SUIS SÛR QU'IL SERA UN ROMÉO BOULEVERSANT !
IL FUT EFFECTIVEMENT BOULEVERSANT ET LA SOIRÉE DE PREMIÈRE FUT UN TRIOMPHE...
M'ACCOMPAGNEZ-VOUS DANS SA LOGE POUR LE FÉLICITER ?
AVEC PLAISIR ...OUI !...
BRAVO
BRAVO
BRA
BRAVO
JE TE PRÉSENTE LINDA, LA PLUS DOUÉE DE MES JEUNES ÉLÈVES. AUSSI BONNE VIOLONISTE QUE TU ES BON COMÉDIEN, C'EST TOUT DIRE !... JE L'AVAIS INVITÉE CE SOIR CAR ELLE ADORE LE THÉÂTRE !...
ET ÇA VOUS A PLU ?
OH ! OUI ! BEAUCOUP !... SURTOUT VOUS ! VOUS ÉTIEZ MERVEILLEUX...
ENTRE EUX DEUX, CE FUT LE COUP DE FOUDRE ET LE VIEIL EISENBERG RENTRA CE SOIR-LÀ TOUT SEUL CHEZ LUI !...
ON VA PRENDRE UN VERRE QUELQUE PART ?
IMPOSSIBLE HÉLAS, J'AI PROMIS À MON PÈRE DE RENTRER DÈS LA FIN DE LA REPRÉSENTATION ET SON CHAUFFEUR M'ATTEND !...
JE VOIS !... VOUS NE SORTEZ JAMAIS SANS VOTRE GARDE DU CORPS !
RAREMENT !... MAIS DEMAIN APRÈS-MIDI, IL CONDUIT MON PÈRE À UN RENDEZ-VOUS D'AFFAIRES, ALORS, SI VOUS VOULEZ, PASSEZ ME PRENDRE À LA MAISON !... J'HABITE AU BORD DU LAC, UNE GRANDE PROPRIÉTÉ STYLE ROCOCO DU PLUS MAUVAIS GOÛT !... VOUS LA REPÉREREZ FACILEMENT !...
T.N. III
35

SI TOUTEFOIS VOUS NE TROUVIEZ PAS, DEMANDEZ AU PREMIER PASSANT VENU LA MAISON DE MONSIEUR SCALIZI !... TOUT LE MONDE LA CONNAIT LÀ-BAS !
?! SCALIZI !.. V... VOUS ÊTES LA FILLE DE BEPE SCALIZI ?!
OUI, POURQUOI ? VOUS LE CONNAISSEZ ?...
TRAGIQUE RENCONTRE ! TREVOR ÉTAIT TOMBÉ AMOUREUX DE LA FILLE DE L'ASSASSIN DE SON PÈRE !... IMAGINEZ ALORS, MESSIEURS LES JURÉS À QUEL CRUEL DILEMME S'EST TROUVÉ CONFRONTÉ MON JEUNE CLIENT !...
DILEMME TERRIBLE !... CORNÉLIEN !... ÉCARTELÉ ENTRE L'AMOUR ET LA VENGEANCE, ENTRE LA VOIX DU COEUR ET CELLE DU SANG... IL ÉTAIT SEUL FACE À SON DESTIN !...
DEVAIT-IL VENGER SON PÈRE ET PERDRE LA JOLIE LINDA ?... TOUTE LA QUESTION ÉTAIT LÀ !...
TOURMENTÉ PAR SA CONSCIENCE TREVOR NE RENTRA PAS SE COUCHER CETTE NUIT-LÀ...
«... IL ERRA SANS BUT DANS LA VILLE JUSQU'AU MATIN.»
«... ET SES PAS L'ENTRAÎNÈRENT MALGRÉ LUI VERS LA MAISON DU LAC OÙ, DISSIMULÉ DANS LE PARC, IL ATTENDIT LONGTEMPS AVANT QUE ... »
OÙ DOIS-JE VOUS CONDUIRE MONSIEUR SCALIZI ?...
À LA BANQUE !... J'AI RENDEZ-VOUS À 14 h 30... ON A TOUT JUSTE LE TEMPS D'Y ALLER !
MAINS EN L'AIR ET PAS DE BLAGUES !! AU MOINDRE GESTE SUSPECT JE TIRE !...
! ?
TOI, LE LARBIN, OUVRE LE COFFRE DE LA BAGNOLE ET GRIMPE DEDANS VITE FAIT, SINON...
DOIS-JE OBÉIR MONSIEUR ?
BIEN SÛR IMBÉCILE ! VOUS NE VOYEZ PAS QU'IL EST ARMÉ ?!?
À LA NICHE MÉDOR... J'AI DEUX MOTS À DIRE À TON MAÎTRE !!
M... MAIS ENFIN QUE ME VOULEZ-VOUS ? ET D'ABORD QUI ÊTES-VOUS ?!
JE SUIS LE FILS DE TIMOTHY NOLAND !!!
DE QUI ?
T.N III 36

⊗ voir : "la glaise des Cimetières" et "Race de chagrin"

EN SOMME, LINDA A ÉTÉ TUÉE ACCIDENTELLEMENT PAR SON PÈRE C'EST BIEN ÇA ?
OUI ! LE COUP EST PARTI TOUT SEUL QUAND SCALIZI A ROULÉ AU SOL !
MAIS ALORS, PUISQUE VOUS ÉTIEZ INNOCENT POURQUOI VOUS ÊTES-VOUS ENFUI ?
L'INSTINCT DE CONSERVATION SANS DOUTE... J'AI EU PEUR QUE SCALIZI RETOURNE SON ARME CONTRE MOI ET J'AI PRIS LA FUITE SANS RÉFLÉCHIR !..
BIEN ENTENDU, LE COLÉREUX BEPE NIA FAROUCHEMENT ÊTRE L'AUTEUR DU MEURTRE...
TOUT CE QU'IL A RACONTÉ N'EST QU'UN TISSU DE MENSONGES... C'EST LUI, L'ASSASSIN DE MA FILLE ! D'AILLEURS, LES EMPREINTES RELEVÉES SUR LE COLT EN SONT UNE PREUVE FLAGRANTE, NON ?
EFFECTIVEMENT, J'AI JUSTEMENT SOUS LES YEUX LE RAPPORT D'EXPERTISE QUI EST FORMEL À CE SUJET... L'ARME DU CRIME PORTE LES EMPREINTES DE TREVOR NOLAND ET SEULEMENT LES SIENNES !... AUCUNE TRACE EN REVANCHE DE CELLES DE MONSIEUR SCALIZI !
FORCÉMENT ! IL N'A PÛ LAISSER D'EMPREINTES PUISQU'IL PORTAIT DES GANTS !
C'EST FAUX ! JE N'EN PORTAIS PAS CE JOUR-LÀ ! MON CHAUFFEUR POURRA LE CONFIRMER !
LE CHAUFFEUR CONFIRMA EN EFFET, ET SON TÉMOIGNAGE FUT CAPITAL !..
VOUS QUI AVEZ ÉTÉ TÉMOIN DU CRIME, DITES-NOUS COMMENT CELA S'EST PASSÉ EXACTEMENT !
EH BIEN, VOILÀ ! MONSIEUR SCALIZI ET MOI, VENIONS JUSTE DE MONTER EN VOITURE QUAND SOUDAIN UN INDIVIDU A SURGI DES BUISSONS ET...
PASSE-MOI LES CLEFS DE CONTACT... VITE !
QUANT À TOI, SCALIZI SORS DE LÀ ET CONSEILLE À TON LARBIN DE NE PAS JOUER LES HÉROS, S'IL TIENS À SES VIEUX OS !
!?
FAITES CE QU'IL DIT JAMES !
" COINCÉ AU VOLANT, JE NE POUVAIS RIEN FAIRE POUR DÉFENDRE MON PATRON QUE LE VOYOU DE NOLAND AURAIT ABATTU FROIDEMENT ... "
?!!!
" ... SANS L'INTERVENTION COURAGEUSE DE MISS LINDA QUI SE PRÉCIPITA DÉLIBÉRÉMENT AU SECOURS DE SON PÈRE ... "
DAMN ?!
TIENS BON, P'PA J'ARRIVE !
BLAM !
38

LINDA !...
C'EST LE MOMENT OU JAMAIS !!
SLAM
LINDA... MIA CARISSIMA BAMBINA... E MORTA MORTA !..
TOUCHE PAS A' ÇA MON GARS !
J'AI RÉUSSI A' L'EMPÊCHER DE RÉCUPÉRER SON COLT AU PRIX D'UN FAMEUX PUGILAT !, HEUREUSEMENT QUE J'AVAIS PRATIQUÉ LA BOXE DANS MA JEUNESSE, PARCE QU'IL COGNE DUR, VOTRE CLIENT ! J'AI DÛ SORTIR LE GRAND JEU !
ET CEPENDANT IL VOUS A TOUT DE MÊME ÉCHAPPÉ ?
BAH OUI !... QUE VOULEZ-VOUS JE N'AI PLUS VINGT ANS ET IL M'A EU A' L'USURE !... IL EST PARVENU A' S'ENFUIR APRÈS M'AVOIR DÉCOCHÉ UN SOLIDE CROCHET DONT JE GARDE ENCORE LE DOULOUREUX SOUVENIR !...
APRÈS UN TÉMOIGNAGE AUSSI ACCABLANT, COMMENT NE PAS CROIRE A' LA CULPABILITÉ DE TREVOR ?: TOUT L'ACCUSAIT, OU PRESQUE !
SURTOUT LES EMPREINTES RELEVÉES SUR LE COLT !
EFFECTIVEMENT !... ET C'EST D'AILLEURS AUTOUR DE CES FAMEUSES EMPREINTES QUE L'AVOCAT MAC DOWALL ARTICULA HABILEMENT SON MAGISTRAL RÉQUISITOIRE...
...AU COURS DUQUEL IL MIT MÉTHODIQUEMENT EN PIÈCES TOUS LES ARGUMENTS DE LA DÉFENSE !!
O'MA
ET QUELLE FUT L'ISSUE DU PROCÈS ?
J'Y VIENS !... APRÈS S'ÊTRE RETIRÉS POUR DÉLIBÉRER, LES JURÉS RÉINTÉGRÈRENT LE PRÉTOIRE ET LE PRÉSIDENT WILSON LEUR POSA LA QUESTION RITUELLE...
MAC CORMAK
MESDAMES ET MESSIEURS DU JURY, QUEL EST VOTRE VERDICT : COUPABLE OU NON COUPABLE ?
COUPABLE !
!!
39

EN CONSÉQUENCE ET CONFORMEMENT À LA LOI, TREVOR NOLAND EST CONDAMNÉ À LA PEINE CAPITALE !
GARDES EMMENEZ L'ACCUSÉ !
CNOKK
MAIS TOUT À COUP LES PORTES DE LA SALLE D'AUDIENCE S'OUVRIRENT BRUSQUEMENT ET...
PERSONNE NE BOUGE ! VOUS, LES FLICS, LAISSEZ VOS FLINGUES EN VEILLEUSE OU JE NE RÉPONDS DE RIEN !
ON VIENT CHERCHER NOLAND ET SCALIZI ! LAISSEZ-NOUS LES EMBARQUER SANS DISCUSSION ET TOUT SE PASSERA BIEN !
ET PAS DE BLAGUES HEIN ?... MES GARS ONT LA GÂCHETTE SENSIBLE !
FACE À LA FORCE, LA JUSTICE DUT S'INCLINER ! ET MOINS D'UNE MINUTE PLUS TARD TOUT CE BEAU MONDE REPARTAIT !!...
SALUT LA COMPAGNIE INUTILE DE NOUS RACCOMPAGNER ON CONNAÎT LE CHEMIN !!!
DEHORS ATTENDAIENT DEUX LIMOUSINES QUI DÉMARRÈRENT EN TROMBE
VOUS POUVEZ RETIRER VOS CAGOULES, LES GARS, ON N'EN A PLUS BESOIN !
?!
VVROOMM
VRRR
M...MAIS ENFIN QU'EST-CE QUE CELA SIGNIFIE ?! OÙ NOUS EMMENEZ-VOUS ?
AUX COURSES AH ! AH ! AH !
40

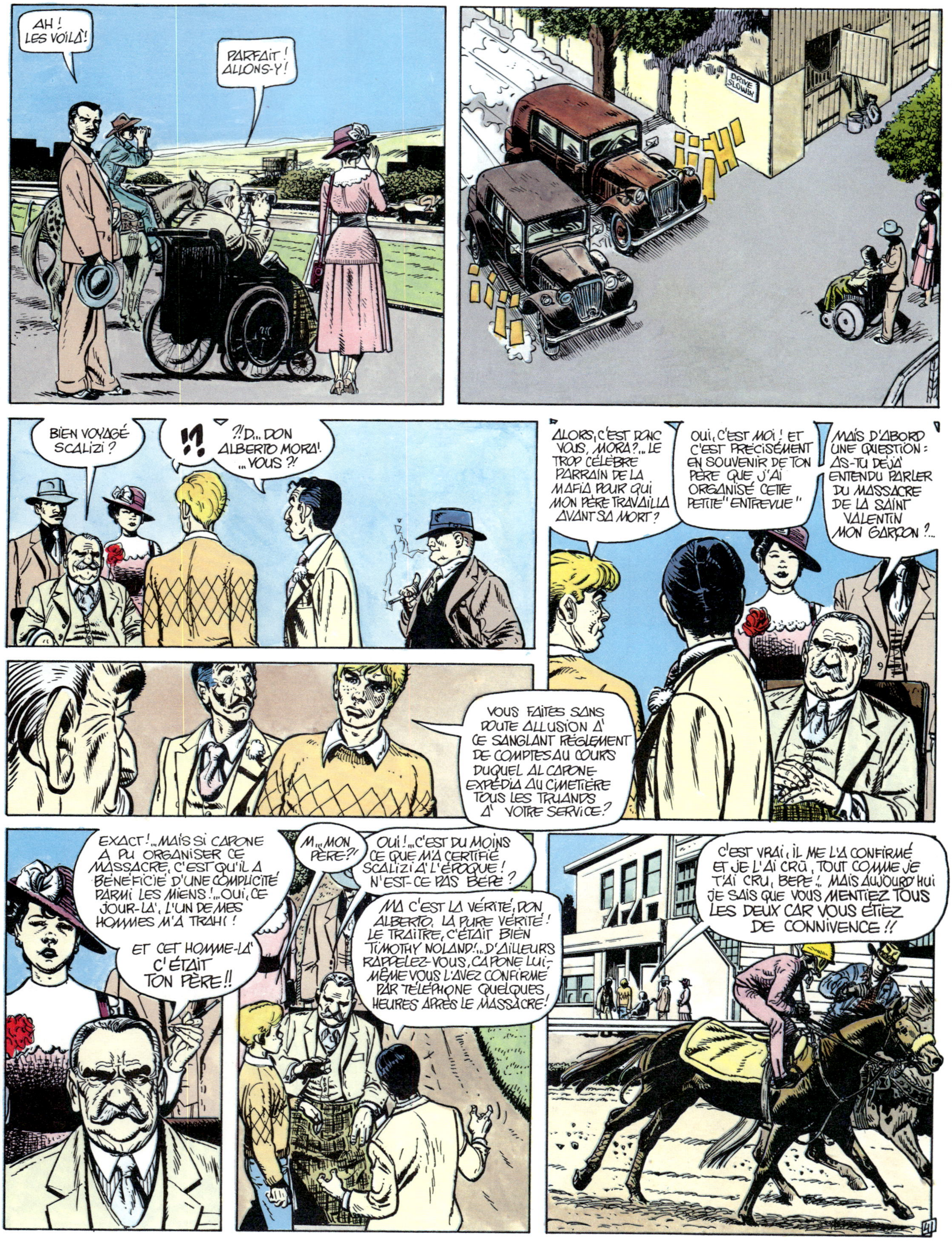
AH ! LES VOILÀ !
PARFAIT ! ALLONS-Y !
DRIVE SLOWLY
BIEN VOYAGÉ SCALIZI ?
!?
?! D... DON ALBERTO MORA ! ...VOUS ?!
ALORS, C'EST DONC VOUS, MORA ?... LE TROP CÉLÈBRE PARRAIN DE LA MAFIA POUR QUI MON PÈRE TRAVAILLA AVANT SA MORT ?
OUI, C'EST MOI ! ET C'EST PRÉCISÉMENT EN SOUVENIR DE TON PÈRE QUE J'AI ORGANISÉ CETTE PETITE "ENTREVUE"
MAIS D'ABORD UNE QUESTION : AS-TU DÉJÀ ENTENDU PARLER DU MASSACRE DE LA SAINT VALENTIN MON GARÇON ?...
VOUS FAITES SANS DOUTE ALLUSION À CE SANGLANT RÈGLEMENT DE COMPTES AU COURS DUQUEL AL CAPONE EXPÉDIA AU CIMETIÈRE TOUS LES TRUANDS À VOTRE SERVICE ?
EXACT ! ...MAIS SI CAPONE A PU ORGANISER CE MASSACRE, C'EST QU'IL A BÉNÉFICIÉ D'UNE COMPLICITÉ PARMI LES MIENS !... OUI, CE JOUR-LÀ, L'UN DE MES HOMMES M'A TRAHI !
ET CET HOMME-LÀ C'ÉTAIT TON PÈRE !!
M... MON PÈRE ?!
OUI ! ...C'EST DU MOINS CE QUE M'A CERTIFIÉ SCALIZI À L'ÉPOQUE ! N'EST-CE PAS BEPE ?
MA C'EST LA VÉRITÉ, DON ALBERTO, LA PURE VÉRITÉ ! LE TRAITRE, C'ÉTAIT BIEN TIMOTHY NOLAND !... D'AILLEURS RAPPELEZ-VOUS, CAPONE LUI-MÊME VOUS L'AVEZ CONFIRMÉ PAR TÉLÉPHONE QUELQUES HEURES APRÈS LE MASSACRE !
C'EST VRAI, IL ME L'A CONFIRMÉ ET JE L'AI CRU, TOUT COMME JE T'AI CRU, BEPE !... MAIS AUJOURD'HUI JE SAIS QUE VOUS MENTIEZ TOUS LES DEUX CAR VOUS ÉTIEZ DE CONNIVENCE !!
41

MA! C'EST FAUX, DON ALBERTO, ABSOLUMENT FAUX !... COMMENT POUVEZ-VOUS M'ACCUSER DE COMPLICITÉ AVEC SCARFACE ALORS QUE J'AI TOUJOURS LUTTÉ FIDÈLEMENT À VOS CÔTÉS CONTRE LUI ?... JE LE HAÏSSAIS ET JE N'AI JAMAIS EU AFFAIRE À LUI !... JAMAIS !. ET JE ME DEMANDE QUI A BIEN PU VOUS RACONTER LE CONTRAIRE ?!
C'EST MOI !
OUI, SCALIZI C'EST MOI QUI AI RÉVÉLÉ À DON ALBERTO TES MAGOUILLES AVEC CAPONE !
... ?!! MA... QUI C'EST CELLE-LÀ ?!
UNE ANCIENNE AMIE DE SCARFACE !... ELLE L'A TRÈS BIEN CONNU AUTREFOIS ET SE TROUVAIT MÊME CHEZ LUI, LE 14 FÉVRIER 1929, JOUR DU MASSACRE DE LA SAINT-VALENTIN !
C'EST EXACT, J'ÉTAIS CHEZ LUI CE JOUR-LÀ LORSQU'IL A TÉLÉPHONÉ À DON ALBERTO ET JE ME SOUVIENS QU'APRÈS AVOIR RACCROCHÉ, IL EST DEVENU BRUSQUEMENT ... SOMBRE !!!
" ET M'A CONFIÉ D'UN AIR MAUSSADE ... "
JE VIENS DE FAIRE UNE CHOSE ABJECTE HONEY, J'AI BALANCÉ UN INNOCENT POUR COUVRIR UNE CRAPULE !... CONTRAIREMENT À CE QUE JE VIENS DE RACONTER À MORA CE N'EST PAS TIMOTHY NOLAND QUI L'A TRAHI, MAIS... SCALIZI !...
ET POURQUOI AS-TU DÉNONCÉ NOLAND !?? ALORS ?!
PARCEQUE SCALIZI L'AVAIT EXIGÉ EN ÉCHANGE DE SES RÉVÉLATIONS !... C'ÉTAIT LE PRIX À PAYER EN SOMME !
OU PLUS EXACTEMENT UNE PARTIE DU PRIX CAR J'AI DÛ LUI VERSER EN PLUS UN BON PAQUET DE DOLLARS POUR LE REMERCIER DE SES "SERVICES" !!!
ELLE MENT !... CAPONE NE M'A PAS DONNÉ D'ARGENT IL M'EN A PROPOSÉ MAIS J'AI REFUSÉ !!
IL T'EN A PROPOSÉ, HEIN ?... JE CROYAIS POURTANT QUE TU N'AVAIS JAMAIS EU AFFAIRE À LUI !! C'EST DU MOINS CE QUE TU M'AS AFFIRMÉ TOUT À L'HEURE !!
MA... C'EST-À-DIRE ... EUH !
CRÉTIN QUE JE SUIS. J'AI TROP PARLÉ !!
TU VIENS DE TE TRAHIR BEPE !... J'AVAIS DEMANDÉ À PEGGY DE RAJOUTER CETTE HISTOIRE DE DOLLARS, POUR TE TENDRE UN PIÈGE ET TU ES TOMBÉ DEDANS TÊTE BAISSÉE !...
DON ALBERTO !
42

NO ENTRANCE
THOROUGHBRED HORSES IN TRAINING
?!! DAMN' !.. SCALIZI !!
CE FUMIER VOULAIT PROFITER DE NOTRE INATTENTION POUR SE TAILLER EN DOUCE !.. IL VA PAS ALLER LOIN !!
NON !... NE TIRE PAS, IMBÉCILE !... ADROIT COMME TU ES, TU RISQUES DE BLESSER L'UN DE MES CHEVAUX !
DON ALBERTO !... EXCUSEZ-MOI DE VOUS DÉRANGER MAIS L'ENTRAINEMENT EST TERMINÉ ET, AVANT DE RENTRER JE TENAIS À VOUS SIGNALER QUE TOUT ÉTAIT OK !... VOS CHEVAUX SONT EN PLEINE FORME !
PARFAIT !... C'EST DE BON AUGURE POUR LA COURSE DE DIMANCHE PROCHAIN !
C'EST UN HIPPODROME ICI, PAS UN ABATTOIR ! RANGE TON JOUJOU ET PASSE-MOI MES JUMELLES !
TOUT DE SUITE, DON ALBERTO TOUT DE SUITE !...
VOUS N'ALLEZ TOUT DE MÊME PAS LE LAISSER S'ENFUIR ALORS QUE VOUS SAVEZ MAINTENANT QUE C'EST LUI, LE TRAITRE ?!
NE VOUS TRACASSEZ PAS, PEGGY, MES LADS VONT S'OCCUPER DE LUI N'EST-CE PAS LES GARS ?
COMPTEZ SUR NOUS, PATRON !
43

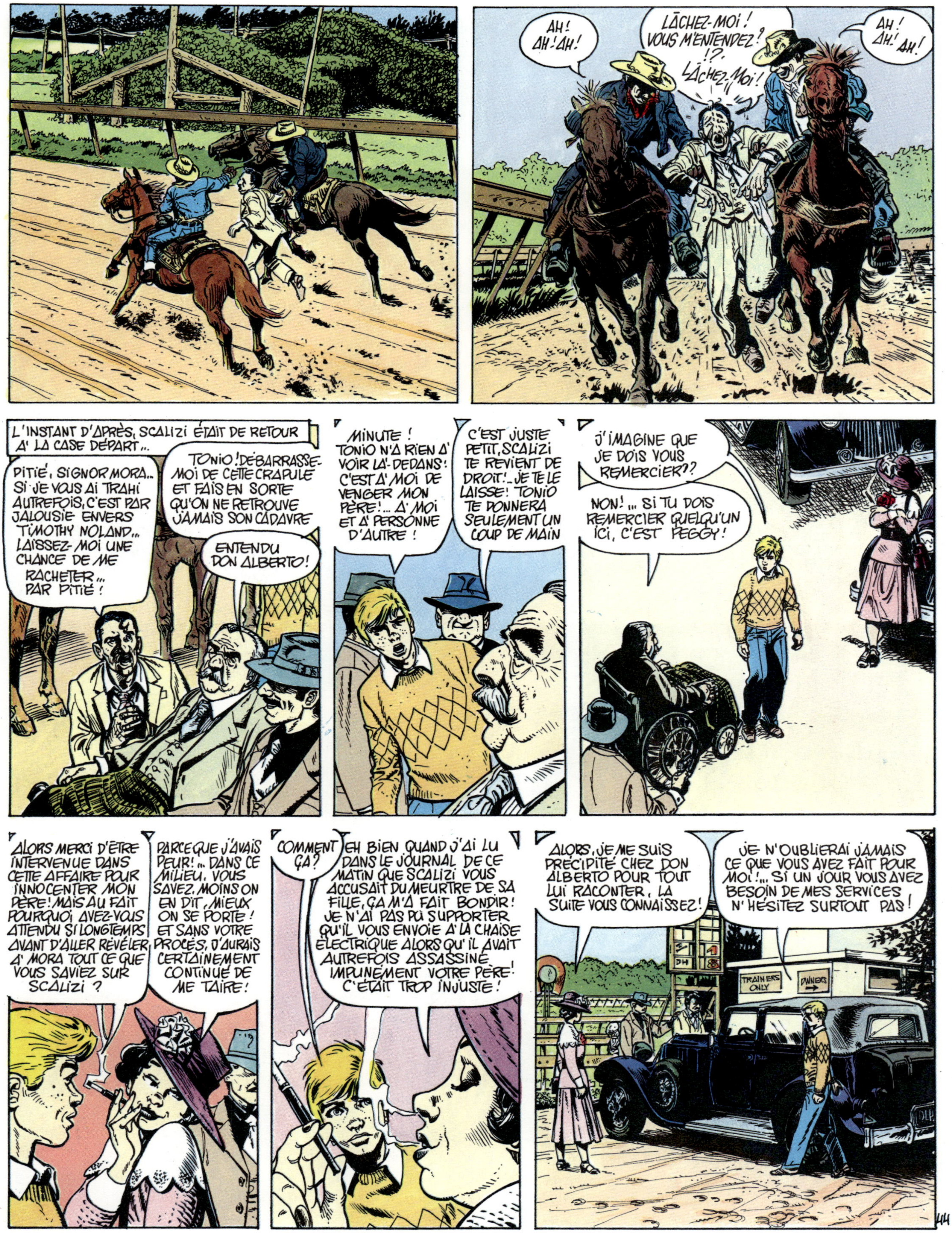

AH! AH! AH!
LÂCHEZ-MOI ! VOUS M'ENTENDEZ ? !?
LÂCHEZ-MOI !
AH! AH! AH!
L'INSTANT D'APRÈS, SCALIZI ÉTAIT DE RETOUR À LA CASE DÉPART...
PITIÉ, SIGNOR MORA... SI JE VOUS AI TRAHI AUTREFOIS, C'EST PAR JALOUSIE ENVERS TIMOTHY NOLAND... LAISSEZ-MOI UNE CHANCE DE ME RACHETER... PAR PITIÉ !
TONIO ! DÉBARRASSE-MOI DE CETTE CRAPULE ET FAIS EN SORTE QU'ON NE RETROUVE JAMAIS SON CADAVRE
ENTENDU DON ALBERTO !
MINUTE ! TONIO N'A RIEN À VOIR LÀ-DEDANS ! C'EST À MOI DE VENGER MON PÈRE !... À MOI ET À PERSONNE D'AUTRE !
C'EST JUSTE PETIT, SCALIZI TE REVIENT DE DROIT !... JE TE LE LAISSE ! TONIO TE DONNERA SEULEMENT UN COUP DE MAIN
J'IMAGINE QUE JE DOIS VOUS REMERCIER ?
NON ! ... SI TU DOIS REMERCIER QUELQU'UN ICI, C'EST PEGGY !
ALORS MERCI D'ÊTRE INTERVENUE DANS CETTE AFFAIRE POUR INNOCENTER MON PÈRE ! MAIS AU FAIT POURQUOI AVEZ-VOUS ATTENDU SI LONGTEMPS AVANT D'ALLER RÉVÉLER À MORA TOUT CE QUE VOUS SAVIEZ SUR SCALIZI ?
PARCE QUE J'AVAIS PEUR !... DANS CE MILIEU, VOUS SAVEZ, MOINS ON EN DIT, MIEUX ON SE PORTE ! ET SANS VOTRE PROCÈS, J'AURAIS CERTAINEMENT CONTINUÉ DE ME TAIRE !
COMMENT ÇA ?
EH BIEN QUAND J'AI LU DANS LE JOURNAL DE CE MATIN QUE SCALIZI VOUS ACCUSAIT DU MEURTRE DE SA FILLE, ÇA M'A FAIT BONDIR ! JE N'AI PAS PU SUPPORTER QU'IL VOUS ENVOIE À LA CHAISE ÉLECTRIQUE ALORS QU'IL AVAIT AUTREFOIS ASSASSINÉ IMPUNÉMENT VOTRE PÈRE ! C'ÉTAIT TROP INJUSTE !
ALORS, JE ME SUIS PRÉCIPITÉE CHEZ DON ALBERTO POUR TOUT LUI RACONTER. LA SUITE VOUS CONNAISSEZ !
JE N'OUBLIERAI JAMAIS CE QUE VOUS AVEZ FAIT POUR MOI !... SI UN JOUR VOUS AVEZ BESOIN DE MES SERVICES N'HÉSITEZ SURTOUT PAS !
TRAINERS ONLY
OWNERS
44

BON, RESTE PLUS QU'À DÉNICHER UN ENDROIT DÉSERT!... T'EN CONNAIS UN DANS LE SECTEUR TONIO ?
CHICAGO-RACE
OUAIS!... Y'A UN COIN PAS MAL À' ENVIRON TROIS BORNES D'ICI!... TU VERRAS, C'EST PEINARD ET CHAMPÊTRE EH! EH! EH!
EFFECTIVEMENT, C'ÉTAIT CHAMPÊTRE...
T'AS PAS D'ARME JE SUPPOSE ?...
NON!...PASSE MOI TON COLT JE TE LE RENDRAI APRÈS !
TIENS, FILS, À' TOI DE JOUER!... QUAND CE SERA TERMINÉ, ON BALANCERA SON CADAVRE DANS LA RIVIÈRE!... JE SUIS SÛR QUE LES POISSONS APPRÉCIERONT LE FESTIN...
?!!
C'EST TOI, TONIO, QUI VA ENGRAISSER LES POISSONS... TU AS CINQ SECONDES POUR SAUTER À LA FLOTTE... PAS UNE DE PLUS !
VU ?
?!
?!...QU'EST-CE QUI TE PREND? T'ES DINGUE OU QUOI?!...
UNE, DEUX TROIS...
!?
J'IGNORE CE QUE TU MIJOTES, NOLAND MAIS JE TE PROMETS QUE TU ME PAIERAS ÇA TRÈS CHER!
...QUATRE...
EH! QUAND TU REVERRAS MORA SALUE-LE DE MA PART !
ET DIS-LUI QUE DORÉNAVANT JE RÉGLERAI MES AFFAIRES TOUT SEUL!
C'EST LE MOMENT OU JAMAIS DE FAUSSER COMPAGNIE À' CE BLANC BEC !
45

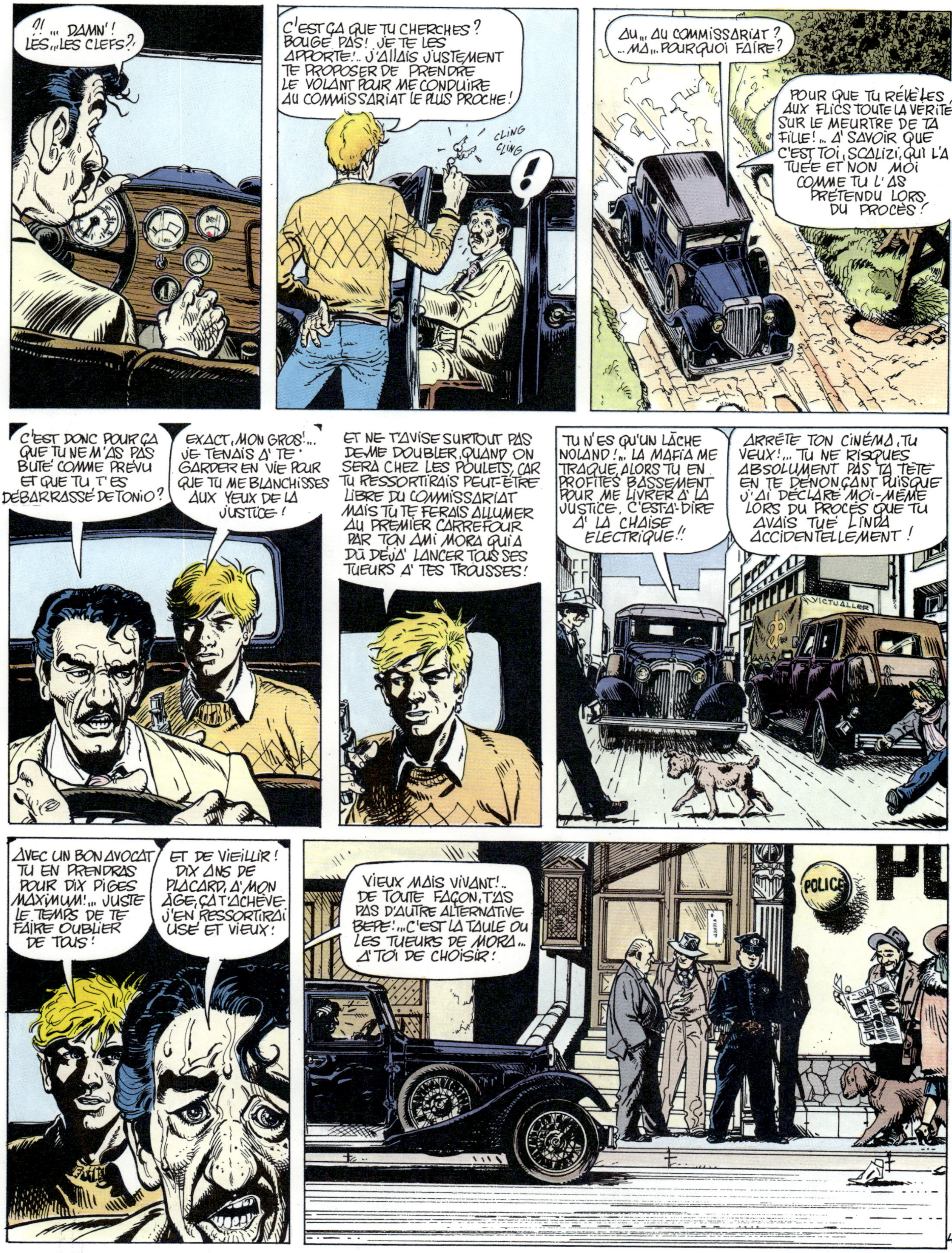
?! ... DAMN' ! LES ... LES CLEFS ?
C'EST ÇA QUE TU CHERCHES ? BOUGE PAS ! JE TE LES APPORTE ! .. J'ALLAIS JUSTEMENT TE PROPOSER DE PRENDRE LE VOLANT POUR ME CONDUIRE AU COMMISSARIAT LE PLUS PROCHE !
CLING CLING
!
AU ... AU COMMISSARIAT ? .. MA ... POURQUOI FAIRE ?
POUR QUE TU RÉVÈLES AUX FLICS TOUTE LA VÉRITÉ SUR LE MEURTRE DE TA FILLE ! ... A SAVOIR QUE C'EST TOI, SCALIZI, QUI L'A TUÉE ET NON MOI COMME TU L'AS PRÉTENDU LORS DU PROCÈS !
C'EST DONC POUR ÇA QUE TU NE M'AS PAS BUTÉ COMME PRÉVU ET QUE TU T'ES DÉBARRASSÉ DE TONIO ?
EXACT, MON GROS ! ... JE TENAIS A TE GARDER EN VIE POUR QUE TU ME BLANCHISSES AUX YEUX DE LA JUSTICE !
ET NE T'AVISE SURTOUT PAS DE ME DOUBLER, QUAND ON SERA CHEZ LES POULETS, CAR TU RESSORTIRAIS PEUT-ÊTRE LIBRE DU COMMISSARIAT MAIS TU TE FERAIS ALLUMER AU PREMIER CARREFOUR PAR TON AMI MORA QUI A DÛ DÉJÀ LANCER TOUS SES TUEURS A TES TROUSSES !
TU N'ES QU'UN LÂCHE NOLAND ! ... LA MAFIA ME TRAQUE, ALORS TU EN PROFITES BASSEMENT POUR ME LIVRER A LA JUSTICE, C'EST-A-DIRE A LA CHAISE ÉLECTRIQUE !!
ARRÊTE TON CINÉMA, TU VEUX ! ... TU NE RISQUES ABSOLUMENT PAS TA TÊTE EN TE DÉNONÇANT PUISQUE J'AI DÉCLARÉ MOI-MÊME LORS DU PROCÈS QUE TU AVAIS TUÉ LINDA ACCIDENTELLEMENT !
VICTUALLER
AVEC UN BON AVOCAT TU EN PRENDRAS POUR DIX PIGES MAXIMUM ! ... JUSTE LE TEMPS DE TE FAIRE OUBLIER DE TOUS !
ET DE VIEILLIR ! DIX ANS DE PLACARD, A MON ÂGE, ÇA T'ACHÈVE. J'EN RESSORTIRAI USÉ ET VIEUX !
VIEUX MAIS VIVANT ! .. DE TOUTE FAÇON, T'AS PAS D'AUTRE ALTERNATIVE BEPE ! ... C'EST LA TAULE OU LES TUEURS DE MORA ... A TOI DE CHOISIR !
POLICE
46

ET QUE CHOISIT SCALIZI ?
LA PRISON ! NATURELLEMENT ! IL INNOCENTA TREVOR QUI RECOUVRIT INSTANTANÉMENT SA LIBERTÉ ET DEVINT DU MÊME COUP LE HÉROS DE TOUTE L'AMÉRIQUE !
LA CONFÉRENCE DE PRESSE QU'IL DONNA À L'ÉPOQUE FUT RETRANSMISE EN DIRECT PAR TOUTES LES RADIOS DU PAYS !..
ON PRÉTEND QUE VOTRE PÈRE FUT, DE SON VIVANT UN DES LIEUTENANTS DE MORA !.. EST-CE EXACT ?
TREVOR NOLAND À VOTRE AVIS, QUI ÉTAIENT LES INDIVIDUS MASQUÉS QUI VOUS ONT KIDNAPPÉ LORS DU PROCÈS !?
A-T-IL ÉTÉ RÉELLEMENT EXÉCUTÉ PAR LA MAFIA ?
ÊTES-VOUS COMMUNISTE ?
ÊTES-VOUS POUR OU CONTRE LA PEINE DE MORT ?
AVEZ-VOUS PU VOIR LEURS VISAGES ? SELON VOUS, QUI ÉTAIENT CES MAFIOSI ?
DU CALME, MESSIEURS, S'IL VOUS PLAÎT !.. COMMENT VOULEZ-VOUS QUE TREVOR RÉPONDE À VOS QUESTIONS SI VOUS L'INTERROGEZ TOUS EN MÊME TEMPS !!
LE TOUT CHICAGO FÊTA TREVOR COMME UNE STAR !... ON L'INVITA UN PEU PARTOUT, ON SE L'ARRACHA ET PUIS ON S'EN LASSA !... ALORS, CELUI QU'ON AVAIT SURNOMMÉ LE "RESCAPÉ DE LA CHAISE ÉLECTRIQUE" FUT CONDAMNÉ À L'OUBLI...
HEY ! MAIS VOILÀ L'AUBE !... ASSEZ BAVARDÉ, JE DOIS PARTIR AU PLUS VITE !
RESTE ENCORE UN PEU !
C'EST IMPOSSIBLE, TU SAIS BIEN !... LES REVENANTS NE SORTENT QUE LA NUIT !... ALLEZ ! AU REVOIR !
OÙ TU VAS ?
D'OÙ JE VIENS !
C'EST COMMENT D'OÙ TU VIENS ?
MAIS LE FANTÔME ÉTAIT DÉJÀ TROP LOIN POUR RÉPONDRE ET LE CHAT RESTA SEUL À MIAULER SUR LA TOMBE...
FIN
47

Dépôt légal Juin 1987 - N° 7426
ISBN 2-205-03339-5
ISSN 0758-5233

Imprimé en France en mai 1987 par Ouest Impressions Oberthur - 35000 Rennes

Printed in France